정동우의 자전적 에세이집

일곱 번의 좌절

일곱 번의 좌절

정동우의 자전적 에세이집

운명은 우리 각자의 삶을 지켜보고 있을 것이다.
어느 순간 운명이 우리의 밥그릇을 차버릴지도 모른다.
그 다음에 일어나는 일은 전적으로 자신에게 달렸다.

맑은샘

어떤 사람이 나에게 말했다.

자기는 세상에서 기자와 대학교수가 제일 싫다고.

둘 다 속에 든 것보다는 더 많이 떠들어대고 시건방지다는 이유였다.

자기가 살아오면서 만난 기자와 교수들이 대부분 그랬다는 것이다.

실제 이 두 직업군의 종사자들에게서 그런 측면이 없지는 않다.

그런데 나는 평생에 단 두 개의 직업을 가졌는데 바로 기자와 교수였다.

대학을 졸업하고 54세까지는 기자를 했고 그때부터 65세까지는 교수로 살았다.

또 다른 어떤 사람이 물었다.

기자와 교수를 둘 다 해봤는데 어느 쪽이 더 좋더냐고.

내가 말했다.

인생 전체를 통해 50세 이전까지는 기자가 가장 해 볼 만한 직업이고 그 이후로는 교수 생활이 가장 해 볼 만하다고. 그런데 정년 퇴직 이후에 백수 생활을 하면서 백수가 더 좋다는 것을 새롭게 깨달았다고.

괜히 하는 말이 아니라 실제 그랬다.

내가 기자나 교수 생활이 좋다고 하는 말은 어디에 가서도 무시당하지는 않고 비교적 대우를 잘 받는다거나 늘 '갑'의 입장에서 세상을 살 수 있다거나 하는 세속적인 측면으로만 하는 말은 아니다. 직업이 가지는 가치나 사명감 만족감 등을 고려할 때 그랬다는 것이다.

이 세상에서 법적으로나 사회적으로 공인된 직업은 대부분 가치 있는 직업이고 또 직접적이든 간접적이든 남과 사회에 기여하게 되는 직업일 것이다. 생산직이든 서비스업이든 공직이든 자영업이든 모든 직업이 그렇다.

하지만 그 직업의 영향력과 사회 기여도를 생각하면 이야기가 좀 달라진다. 대개 대학을 갓 졸업해서 새롭게 취업을 한 젊은이가 세상에 기여할 수 있는 범위와 정도는 제한적이다.

사람들이 선호하는 판검사나 의사 같은 직업도 그렇다. 내가 맡은 사건, 내가 맡은 환자의 범위 내에서 남과 사회에 기여할 수 있을 뿐이다.

하지만 기자는 다르다. 사회 초년병 기자라도 자신의 열정과 노력 그리고 사명감으로 세상을 바꾸는 일이 가능해진다.

기존의 제도나 시스템이 가지는 허점을 고발하고 사회적 약자들이 행정의 무관심 속에서 제도적으로 보호받지 못하는 일들을 찾아내어 보도함으로써 한 개인이 아니라 사회적으로 무수한 사람들을 보호하고 도움을 주는 일이 가능해진다.

적어도 내가 기자 생활을 시작한 1980년대 초반 무렵만 해도 그랬다. 지금은 세상이 진보와 보수, 좌와 우로 갈라져 있고 언론도 정파적으로 쪼개져 옳고 그름의 기준이 내 편이냐 아니냐로 나뉜 듯한 사회적 환경이지만 그때만 해도 여당지이든 야당지이든 옳고 그름, 정의와 불의에 대한 기준과 인식은 똑같았다.

그래서 비록 내가 낙종했더라도 경쟁지인 다른 언론이 올바른 것을 보도해 주면 박수를 보내주고 그 기사를 다음날이라도 받아서 게재해 주는 것이 일반적이었다.

나는 동아일보 사회부장을 하던 2000년대 초반에 갓 입사한 수습기자들에게 사회부장이 하게 되어 있던 사내 교육인 '기자의 자세'를 강의할 때마다 매번 말하곤 했다.

기자란 숨겨진 진실과 정의를 찾아내어 우리 사회를 보다 정의롭고 따뜻한 공동체로 만드는 것을 직업으로 하는 사람들이다. 그렇기 때문에 늘 '잃어버린 양을 찾아 나서는 목동의 애타는 마음(亡羊之歎)'과 자세를 가지고 살아야 한다.

목동에게 돌보아야 할 양 떼가 있다면, 기자에게는 도와야 할 많은 이웃이 있고 찾아내야 할 많은 진실이 있다.

늘 깨어 있어야 하며 사회에서 무엇인가 잘못되어 가고 있는 것이 있다면 그것은 언론의 책임이며 특히 권력의 부패와 정책 방향의 오류가 그렇다.

기자가 문제의식이 없이 현실에 안주하거나 게으른 것은 국민에 대한 배신행위이며 이는 부패보다 더 나쁘다.

하지만 늘 세상을 향한 따뜻한 마음을 가져야 하며 비판하되, 애정을 가지고 비판하고 사심을 가지지 말아라.

그리고 교수 생활을 하면서는 학부나 대학원 학생들에게 전공과목에 대한 지식 전수 못지않게 삶의 자세에 대한 언급을 많이 한 편이다.

인생을 살면서 겪게 되는 갖가지 실패와 좌절은 알고 보면 실패를 가장한 운명의 축복인지도 모른다. 운명은 사람들에 대한 애정을 실패의 형태로 보내는 것인지도 모른다는 취지였다.

운명이 보건대 분명히 능력이 있는 어떤 사람이 현실에 안주하면서 더 이상의 도약을 위한 노력을 게을리한다면, 그를 사랑하는 운명은 어쩔 수 없이 판을 뒤엎어 버리게 될 것이다.

그다음에 일어나는 일은 전적으로 자신에게 달렸다. 엄청나게 노력해서 한 단계 도약할 수도 있고 그 자리에 주저앉아 낙오자의 길로 갈 수도 있을 것이다.

바로 내 인생이 그랬다.

살면서 대충 일곱 번의 실패와 좌절이 있었고 그때마다 남들에게 내 아픔과 고통의 신음조차 들키지 않으려고 애썼다. 그리고 이를 앙다물고 노력하여 한 단계씩 위로 올라갔다.

나는 올해 여름 70세가 됐다. 요즘은 100세 시대가 됐다지만 이 나이도 적게 산 것은 아니다. 스스로 지난 삶을 되돌아보건대 나름 열심히 살았고 내가 태어날 때 가지고 나온 능력은 다 발휘했다는 생각이다.

나는 괴테의 소설 『파우스트』에서 나오는 메피스토펠레스가 나타나 지금의 나에게 10대 초반으로 되돌려 주겠다고 제의해 온다 하더라도 응할 생각이 전혀 없다. 굳이 영혼까지 안 팔아도 되고 그냥 공짜로 해준다고 해도 그렇다.

이런 기분은 뭐랄까? 군 복무를 거의 다 마친 병장의 심정이라고 할까? 이제 전역을 앞두고 있는 말년 병장에게 다시 이등병으로 되돌려 그 힘든 군 생활을 다시 하라면 아마도 기겁을 할 것이다. 지금 내 기분이 꼭 그렇다. 살아온 지난 삶에 후회도 있고 아쉬움도 적지 않지만, 그 과정을 다시 되풀이하고 싶지는 않다.

나는 1남 2녀의 자녀를 두고 있는데 이제 그들도 결혼하거나 경제적으로 독립을 해서 자식 농사도 사실상 끝이 난 셈이다.

지난여름은 유난히도 더웠다. 그래서 가급적 밖에도 나가지 않고 내 방에서 에어컨을 틀어놓고 지냈다. 그 과정에서 문득 나의 지난 삶을 정리해 보자는 생각을 하게 됐다. 자서전이라고 하기에는 너무 거창하고 자전적 에세이라도 써보자는 생각이 들었다. 그것은 내가 자서전을 쓸 만큼 훌륭한 삶을 살았다는 말이 아니다.

나름 열심히 살아왔고 이제 더 이상 새로운 일을 할 나이도 아니

일곱 번의 좌절

고 내일 당장 죽는다고 해도 별로 여한이 없다는 말이다. 그래서 지난날을 정리해서 자식들에게 들려주어야겠다는 생각이 이 글쓰기의 동기가 됐다. 별로 숨길 것도 없고 새삼스럽게 부끄러워할 것도 없어서 내가 할 수 있는 한 솔직하게 글을 썼다.

이 글쓰기는 애당초 자가 출판을 해서 비매품으로 책을 만들 의도로 시작됐다. 그래서 자식들과 친지 등 가까운 사람들에게만 나누어줄 생각이었다. 하지만 초고를 읽어본 소수의 지인과 출판사 측에서 상업 출판을 해보자고 강력히 권유하는 바람에 원래의 의도와는 다르게 서점에도 책을 내게 됐다. 다소 쑥스러운 일이 되었음을 인정한다.

동아일보 입사와 초년 기자

나는 1981년 9월 동아일보 기자직과 MBC 방송 PD직에 동시에
합격했다.

당시 언론고시라는 말이 생겨날 만큼 언론사 입사 시험은 어려
웠고 수백 대 일의 경쟁률을 보였다. 하지만 다행히도 언론사 시
험에는 수학은 물론이고 수학 비슷한 과목도 없었다. 나에게는 큰
메리트였다.

뒤에 확인된 사실이지만 동아일보는 2등으로 합격했고 MBC는
1등이었다. 요즘에는 학생들이 기자직보다 PD직을 더 선호하지
만, 당시에는 기자직을 월등하게 선호했기 때문에 당연히 동아일
보를 택했다.

하지만 나의 처지는 좋지 않았다. 같이 입사한 기자직 7명 중
스카이 대학 출신이 아닌 사람은 나를 포함해 두 사람이고 더구나
지방대 출신은 나 혼자뿐이었다. 그런데 당시 300여 명에 달하는
동아일보 기자 선배들의 구성 역시 비슷했다. 지방대 출신으로 주

요 부서 취재기자를 하고 있는 선배는 한두 명에 불과했다. 이러한 상황은 내가 남들보다 훨씬 열심히 일하고 능력을 발휘해야 살아남을 수 있다는 말과 다르지 않았다.

10월부터 곧바로 사내 교육을 거쳐 사건기자팀 수습기자로 배치됐다. 매일 자정경 퇴근하고 새벽 4시경에 일선 경찰서로 출근하는 생활이 계속됐다. 하루는 이상하 사회부장이 불렀다. 당시의 문화공보부에서 나를 퇴사시키라는 연락이 왔다는 것이다. 회사에서 문공부 출입 기자를 통해 알아보니 나는 전두환 정권이 단행했던 언론인 숙정 대상자로서 정부 관련 부처의 기록에 반정부 언론인 C급으로 등재가 되어 있다는 것이었다.

내가 대구 영남일보에서 잠깐 근무할 때 출입했던 대구중부경찰서에서 너무 나대고 적극적이었던 나를 평소 못마땅하게 여기다가 마침 언론인 숙정 대상자를 선정할 기회가 오자 끼워 넣었던 것이다. 그때는 무슨 반정부 활동을 했는지에 대한 구체적인 근거와 증빙이 없어도 한 사람의 삶을 말살할 수 있었던 시절이었다.

당시만 해도 전두환 정권 초기로 아직도 서슬이 시퍼럴 때라 정부의 통보를 거절할 언론사는 없었다. 만약 그때 내가 동아일보가 아닌 다른 언론사에 들어갔다면 나는 꼼짝없이 잘렸을 수밖에 없었다.

당시 편집국장이던 신용순 씨는 경기고 출신으로 배포가 대단

14

한 분이었다. 이분이 안기부와 문공부의 해당 업무 책임자에게 일 갈한 말을 뒤에 이상하 부장이 술자리에서 들려주었다.

"당신들이 뽑았고 당신들이 월급을 주는 거야? 왜 남의 회사 인 사에 감 놔라 배 놔라 하는 거야?"

그 당시는 전국의 언론인들에게 정부의 신분증명서 격인 프레 스카드가 발급되던 때였다. 그래서 문공부 측에서 "그러면 우리는 이 기자에게 프레스카드를 발급 못 해준다." 하자 신 국장은 되받 아쳤다고 한다.

"그러면 관둬. 그까짓 프레스카드 없어도 우리 기자는 동아일보 신분증만 있으면 돼."

그때의 동아일보 분위기가 대충 그러했다. 그냥 야당지가 아니 라 한국 최고의 언론사라는 자신감과 자긍심으로 똘똘 뭉쳐 있었 다. 실제 발행 부수도 전국 최고였고 기자들에 대한 연봉도 전국 언론사 중 최고였다.

내가 수습 6개월을 마치고 정식 사원이 됐을 때 받은 첫 월급 이 45만 원으로 당시 현대와 삼성 등의 대졸 신입사원의 초봉은 32, 33만 원 수준이었고 조선일보는 동아일보의 90%, 중앙일보 는 80% 정도의 월급을 받던 때였다.

당시는 경제와 산업 규모가 폭발적으로 늘어나고 있을 때였다. 그런데 언론 통폐합으로 중앙지는 경제지를 포함해서 9개가 채 안 되던 때였고 신문 발행 면수도 12면에 불과했다. 물론 인터넷도 없었고 소셜미디어도 없었다.

요즘처럼 언론사가 기업을 상대로 광고 유치 활동을 하는 것이 아니라 기업이 언론사를 상대로 광고면 확보 로비를 벌일 때였다. 신문사 광고국장은 기업의 광고 홍보 담당 임원을 피해 다녔다.

해마다 동아일보의 발행 부수가 폭발적으로 늘어 1980년대 중반 무렵에는 200만 부를 넘겼다. 발행면수도 내가 입사할 무렵의 12면에서 몇 년 사이에 32면, 48면, 60면으로 마구 늘어났다. 신문에서 다루어야 할 정보의 양과 종류가 폭발적으로 늘어난 탓도 있지만 넘쳐나는 광고 수요를 맞추기 위해서라도 발행 면수가 늘어날 수밖에 없었다.

그때 동아일보 기자들은 어디를 가도 환영과 박수를 받았다. 독재 정권의 언론 통제에 맞서 그나마 학생 시위와 노동문제를 한 줄이라도 보도하는 신문은 동아일보뿐이었기 때문이었다. 다른 신문들은 동아일보가 보도한 뒤 동아일보를 핑계 대면서 뒤늦게 면피용 보도를 하곤 했다.

다른 언론사에 대해서는 고압적인 자세를 취하던 전두환 정권의 청와대와 안기부도 동아일보에 대해서는 골치 아파하면서도 늘 유화적으로 대했다. 그러한 분위기는 정부 전 부처에도 전파되어 있었다.

억울한 사람, 부당함을 당한 사람, 제도적으로 보호받지 못하는 사람들이 동아일보에만 제보했기 때문에 늘 제보와 호소가 넘쳐 났다. 내근 당번을 하기 위해 오후에 회사에서 근무할 때면 업무의 절반 정도는 끊임없이 찾아와서 호소하는 독자와 민원인의 이야기를 듣고 메모해서 관련 부서의 선후배들에게 전달해 주는 일이었다.

출입처에서 동아일보 기자들은 늘 우대받았고 예정된 기자회견이나 발표가 동아일보 기자가 늦으면 다소 늦춰지던 시절이었다. 정부 조직 내에서도 고위공무원들이 동아일보 기자들에게 접근해서 평소 친분을 쌓아두려 했고 조직 내의 문제점이나 부당함을 동아일보 출입 기자에게 우선적으로 토로했다. 아무튼 나는 문공부가 발급하는 프레스카드를 3, 4년 뒤에 받았다. 하지만 그때는 프레스카드 제도 자체가 유명무실해져 별로 의미도 없었던 때였다.

내가 동아일보 기자가 됐을 때 아버지가 가장 기뻐했음은 물론이다. 그때 현대중공업에서 유능한 부장으로 인정받고 있었던 장남과 동아일보 기자인 차남 그리고 진주에서 여고 영어교사로 재직 중이던 막내아들은 아버지의 자랑거리였다. 형님은 현대중공업에서 이사를 거쳐 삼성중공업으로 옮겨 수석부사장을 지내고 은퇴했다.

나는 당시 아내와 몇 년째 교제 중이었는데 우리의 연애를 필사적으로 반대하던 장인어른은 큰딸이 사귀는 녀석이 연세대 대학원에 입학한 데 이어 동아일보 기자가 됐다는데 더 이상 외면할 수만도 없었던 모양이었다.

1982년 봄에 드디어 결혼 허가가 떨어졌고 그해 5월 수습 기간이 끝나자마자 대구 명성예식장에서 결혼식을 올렸다. 신혼살림은 연세대 정문 앞 나의 하숙집 인근의 방 두 개짜리 전세방에서 시작했다. 나는 아내에게 혼수는 물론이고 숟가락 하나라도 갖고 오면 모조리 쓰레기통에 버리겠다고 거품을 물었다. 장인어른에 대해 맺혀있던 감정이 풀리지 않은 것이다.

나는 장인어른이 2022년 3월 96세로 돌아가실 때까지 그다지 살갑지는 않은 관계를 유지했다. 자식이 잘되기를 바라는 마음에서 그랬겠지만 반대도 적당히 해야지 너무 지나치면 마음에 상흔을 오래 남기는 법이다. 하지만 장인어른은 우리가 결혼한 뒤에는 늘 큰 사위를 자랑스러워하고 대견해 했다는 것을 나는 잘 알

고 있다. 주변 사람에게도 "정서방은 가족에 대한 책임감이 강하고 사람이 믿음직하다"는 말을 자주 했다는 것을 전해 들었다.

◆ 결혼식

당시 대구정화여고 교사였던 아내는 결혼 후에도 맡은 담임과 과목을 끝내기 위해 그해 말까지는 근무해야 했다. 우리는 당분간 주말 부부로 지냈다. 아내가 토요일 오전 근무를 마치고 상경해서 일요일 밤에 내려갔다.

그런데 그때 나는 토요일에도 밤늦게까지 회사에 붙잡혀 있는 경우가 많았고 일요일에도 출근하는 일이 비일비재했다. 갓 결혼한 후배의 사정을 좀 생각해 줄만도 한데 그 당시 선배들은 철저히 모른 체했다. 그때는 그렇게 하는 것이 당연한 것처럼 인식되던 때였다.

1983년 4월 큰딸 아름이가 태어났다. 우리는 연남동 단독 주택의 방 두 칸짜리 전세로 옮겨갔다가 1984년 봄에 드디어 내 집을 마련했다. 강동구 주공둔촌아파트의 방 두 개짜리 16평 아파트였다.

그사이 나는 회사에서 사건기자 근무를 마치고 서울시청 2진 기자로 출입처를 바꾸었다. 맨날 점퍼 차림에 출퇴근 시간도 불투명하다가 이제 제법 직장인 같은 모양새가 된 것이다.

이 무렵 난생처음으로 해외여행을 했다. 대만 정부가 동아일보 기자를 초청한 것이다. 당시 대만은 국제사회에서 위상이 점차 줄어들고 있었고 한국이 우방국 중에 매우 비중이 큰 나라였다. 대만은 자국의 경제와 문화를 취재해서 동아일보에 보도해주기를 원했다.

회사에서는 별로 중요하지도 않은 취재 여행이라서 사건기자를 갓 면한 나에게 첫 해외여행을 할 기회를 준 것이었다. 그 당시 대만은 한국보다는 1인당 국민 소득도 높았고 실제 잘살고 있었다.

내가 타이베이 공항에 도착하니 우리의 문공부에 해당하는 대만 신문국에서 사무관 한 명이 나와 기다리고 있었다. 신문국은 내가 머무르는 동안 기사 딸린 고급 승용차 한 대와 한국에서 유학해 한국말이 능통한 젊은 사무관 한 명을 고정 배정해 주었다. 대만의 농촌과 공업단지 등을 두루 둘러보고 고궁박물관은 휴관일을 택해 관람시켜 주었다. 진기한 보물들을 시간제한 없이 구경할 수 있었다.

1984년 봄에는 회사가 사원들에게 불하하는 포니원 취재 차량을 29만 원에 사서 내 차도 갖게 되었다. 동아일보 취재 차량 고유 색깔인 짙은 초록색 중고차였다. 한국 사회에 마이카시대가 온 것은 86아시안게임과 88올림픽을 거치면서부터였다. 그러니까 1984년도에만 해도 일반 회사원이 내 차를 갖는 것은 의외일 때였다. 당연히 러시아워도 심하지 않았고 휴일에 교외로 나가도 통행 차량이 많지 않을 때였다.

이 포니원 차와 관련된 에피소드는 한둘이 아니다. 처음 차를 몰고 와 아파트 앞 주차장에 세워 두었던 날 밤에는 자다가 몇 번이나 깨어 창문을 열고 차가 잘 있는지를 확인하고 자기도 했다.

광화문에서 둔촌동 집으로 가기 위해 삼일 고가도로 위를 지나다 갑자기 차가 서버린 일도 있었다. 영문을 몰랐는데 뒤에 있던 택시 기사가 와서 보더니 "이 양반아. 기름이 앵꼬가 됐잖아."라며 핀잔을 주었다. 차를 밀어서 경사로 밑으로 내려가 주유소까지 갔다.

그해 여름휴가 때는 이 차에 아직 아기인 아름이를 태우고 강원도 고성까지 가서 동해안 도로로 대구 처가댁에 갔다가 다시 마산 본가까지 갔다가 서울로 돌아오기도 했다. 내 차를 몰고 마산에 들어서면 시 경계에 시민 환영 플래카드라도 걸려 있을 줄 알았다.

그해 8월 말에는 둘째 딸 보람이가 태어났다. 보람이는 기어 다니기 시작했을 때부터는 얼마나 빠르고 부지런한지 하루 종일 온 집안을 종횡무진으로 누비고 다녔다. 내가 이 애의 별명을 '물방개'라고 지은 이유다.

보람이가 두 살 무렵일 때 휴일에 이 차로 강원도에 놀러 갔다 오다가 내리막 커브 길에서 감속을 제때 못해 차가 뒤집히는 사고가 있었다. 내가 운전하고 조수석에는 동행했던 친구 윤진원 군이 타고 뒷자리에는 아내가 보람이를 안고 있었고 아름이는 그 옆에 앉아 있었다. 차는 완전히 한 바퀴를 돌아서 도로변에 바로 섰다.

아내가 정신을 차려보니 보람이가 없어 차 문을 열고 나갔더니 아이는 도로 한복판에 떨어져 울고 있었다. 차가 한 바퀴 도는 동안 차창 밖으로 튕겨 나간 것이다. 이 사고로 나와 윤 군은 한양대 병원에 후송돼 며칠을 입원하기도 했다.

◆ 아름이와 보람이

1985년 무렵에는 집을 팔고 같은 둔촌아파트의 18평짜리 아파트를 전세 얻어 옮겼다. 당시 기자협회에서 추진하던 강남구 일원동 기자아파트의 입주요건을 맞추기 위해서였다. 옮겨간 곳에서 우리는 그 뒤 평생 친하게 지내는 '둔촌동 팀'을 만났다.

성준이네, 영희네, 세중이네, 정은이네 등인데 우리 집을 기준으로 옆집과 맞은편 동에 살던 이웃들이다. 부부의 나이가 서로 비슷했고 남자들 직장도 나름 괜찮았고 아내들은 모두 전업주부였고 아이들도 또래여서 자주 어울렸다. 매년 여름휴가는 서로 일정을 조정해서 같이 갔다.

아시안게임이 있었던 1986년 기자아파트가 완공되어 옮겨갔다. 두 번째 '내 집'인 이 아파트는 32평에 방 3개 화장실 1개로 처음에는 집이 너무 넓어 아름이, 보람이와 숨바꼭질을 하면 아이들이 아빠를 찾지 못했다. 그 무렵에 나는 노동부를 거쳐 치안본부를 출입하고 있었고 차도 그 당시 새로 나온 르망으로 바꾸어 전형적인 중견 회사원의 모습이었다.

그리고 기자로서도 게으름 부리지 않고 열심히 일해 동기생 중에서는 특종상을 가장 많이 받은 기자였다. 그동안 1984년의 '재산세 파동'과 1986년의 '박종철 고문치사 사건'으로 한국기자상을 두 번이나 받았고 회사 특종상은 셀 수 없을 정도였다.

한국기자상은 한국기자협회가 그해에 전국의 신문방송에서 보도된 특종기사들 중에서 가장 가치 있고 사회에 영향을 많이 미친 기사를 선정해서 주는 상이다. 평생 기자 생활을 하면서도 한국기자상을 단 한 번도 못 받는 사람이 대부분인 점을 감안하면 나쁘지 않은 실적이었던 셈이다.

당시에는 한국기자상을 수상하면, 기자협회와 한국언론재단이 공동으로 수상자들에게 15일 정도의 일정으로 해외 시찰 기회를 제공했다. 말이 시찰이지 실제는 관광여행인데 지역과 루트도 자기 마음대로 정할 수가 있었다. 나는 첫 번째 수상으로 유럽여행을 다녀왔고 두 번째는 호주 뉴질랜드 오세아니아 지역을 다녀왔다.

두 번째 포상 여행 때는 상을 공동 수상한 입사 동기 황호택 씨와 같이 다녔는데 피지에 갔던 일이 유독 기억에 남아있다. 여행사 측에서 맞춤 여행으로 피지에서 배로 2시간 정도 떨어진 마나 섬 리조트에 숙소를 잡아주었다. 이 섬은 리조트 한 개만 있는 작은 섬으로 이곳에서 며칠을 보낸 후 피지로 돌아오는 날 아침에 쾌속정 참치 낚시에 나섰으나 한 마리도 잡지 못했다. 하는 수 없어 어부가 미리 잡아놓은 참치를 한 마리 사서 여객선에 탔다.

이 배는 피지 주변에 점점이 박혀 있는 섬 리조트에서 신혼여행을 보내거나 휴가를 보낸 여행객들을 실어 나르는 배였다. 우리는 배의 이층 갑판에 퍼질러 앉아 참치를 각설탕 모양으로 썰어 준비해 갔던 순창고추장에 찍어 시바스리갈을 마셨다. 맛이 기가 막혔다.

한참을 먹고 마시다 문득 정신을 차려보니 서양인 관광객들이 우리 주변을 둘러싸고 구경하고 있었다. 계면쩍어서 위스키에 사시미를 먹어볼 희망자가 있느냐고 물었는데 여러 사람이 줄을 서는 것이었다. 한 사람당 위스키 한잔과 참치회 한 점씩을 돌렸는데 술과 안주가 금방 바닥을 드러낼 지경이 되어 배급을 중단하고 나머지는 둘이서 다 먹었다.

1987년 10월에 막내 훈이가 태어났다. 이제 2녀 1남으로 가족 구성원이 완성된 것이다. 이 녀석을 병원에서 퇴원시켜 집으로 데

리고 왔더니 누나들이 귀엽다며 난리가 났다. 당시 세 살, 네 살인 누나들은 갓 태어나 강보에 싸여있는 남동생이 신기하기도 하고 예쁘기도 해서 하염없이 들여다보며 그 곁을 떠날 줄 몰랐다. 아직 기어다니지도 못하는 아기지만 집에 사내 녀석이 있다고 생각하니 든든했다.

◆ 각종 ID 카드

◆ 어릴 적의 삼남매

◆ 훈이 돌

◆ 보람이와 훈이

나는 이 해 말부터는 사건팀장을 맡았다. 정구종 사회부장의 선택이었다. 언론사 내부에서는 '캡'이라는 별칭으로 불리는 사건팀장은 사건팀원과 수습기자들에 대해서는 거의 생사여탈권을 가졌다고 할 만큼 강력한 권한을 회사에서 보장해주는 직책이다. 사건팀은 회사마다 다소 다르지만 대개 10명 안팎의 사건기자로 구성되는데 사건기자는 기자 초년병 시절에 반드시 거쳐야 하는 과정이다.

온갖 험하고 힘든 취재를 하면서 기자로서의 경험과 역량을 축적해 나가는 과정인 것이다. 사건팀장은 사건팀 취재 차량 3대와 회사 수송부 소속의 운전기사 4, 5명도 같이 관장했으며 사건팀 전용 신용카드를 지급 받았고 기사가 운전하는 취재 차량으로 출퇴근을 했다.

30대 중반의 젊은 친구를 기고만장하고 안하무인으로 만들 소지가 다분한 제도였으나 회사는 그러한 것을 오히려 조장하면서 지원해주는 측면도 없지 않았다. 좌고우면하지 말고 신참기자 훈련에 모든 역량을 다하고 그 누구에게도 기죽지 말라는 의미가 있었다. 회사의 미래를 지고 나갈 젊은 친구들에게 회사가 무한한 신뢰를 보낸다는 뜻이기도 했다.

그 당시 회사 주요 부서의 선배들은 사건팀 후배들에게 술 사는 것을 마치 연중 통과의례처럼 생각하는 분위기가 있었다. 나의 수첩에는 술 먹자는 선배들의 신청이 줄줄이 메모 되어 있었다.

사건팀의 야유회나 망년회에는 편집국장을 비롯하여 회사의 주요 부서장들이 찬조금을 보내왔다. 당시 서울시경을 같이 출입하던 타 언론사의 사건팀장들은 동아일보의 이러한 모습을 매우 부러워했다. 타 언론사에는 그러한 전통이 없었던 것이다.

언론사, 특히 동아일보의 사건팀장 제도는 일반 민간기업에서는 이해하기 어려운 제도일 것이고 아마 군대의 특수조직 비슷한 개념으로 접근해야만 이해가 가능하지 않을까? 〈탑건〉, 〈사관과 신사〉, 〈지. 아이. 제인〉 등에서 나오는 훈련 담당 교관의 권한에 가까운 것으로. 그러한 권한들은 결국 조직의 필요에 의해 만들어지고 유지될 것이다.

나는 사건팀장을 할 때 저녁에 사건팀 기자들과 회사 근처에서 술을 마시다 파할 무렵에는 결혼한 지 얼마 되지 않는 신혼 기자의 집에 불시에 쳐들어가기를 가끔씩 했다. 당사자를 차에 태우고 몇몇이 신혼 집을 불시 방문해 맥주 한두 잔을 마시고는 새댁인 아주머니에게 지갑을 털어 용돈을 주고 나오는 식이다. 신혼의 남편을 일찍 집에 보내주지 못해 미안하다는 마음의 표시였다.

내가 동아일보에서 근무하는 동안 있었던 여러 승진 사례에서 아내가 가장 열렬한 반응을 보인 것도 사건팀장이 되었을 때인 것으로 기억된다. 사건팀 기자의 아내는 원하든 원하지 않든 자기도 모르게 사건팀의 일원이 되고 남편이 사건팀 기자를 하는 동안 소위 '캡'이라는 존재가 얼마나 대단한지를 생활로 체험해왔기 때문일 것이다.

실제 사건팀의 아내들을 서로 잘 알고 친하게 지내기도 했다. 그럴 수밖에 없는 것이 야유회나 망년회 때에는 아주머니들도 꼭 참석을 시켰기 때문이다. 어떤 면에서는 야유회 등은 사건 팀원보다 아주머니들을 위해서 더 필요한 측면도 있었다. 남편이 허구한 날 회사에 붙잡혀 있으니 동병상련인 아주머니들이 그렇게라도 만나서 서로 하소연도 하고 스트레스도 해소할 기회가 필요했다.

정구종 사회부장은 타고난 기자 스타일로 매사를 꼼꼼히 챙기고 끊임없이 메모하는 스타일이었다. 호주가여서 폭탄주를 엄청 마시는데 취해도 흐트러지지 않았다. 평소에 지시나 일 처리에 빈틈이 없었다. 그래서 정 부장 휘하의 부원들은 늘 긴장해야 했다. 정 부장은 사회부장으로 재임하는 동안 동아일보 사회부가 3년 연속으로 한국기자상을 수상하는 기록을 세우도록 부원들을 지휘한 장본인이기도 하다. 정 부장은 동아일보에서 편집국장을 지내고 동서대학교에서 석좌교수를 오랫동안 하셨다. 지금은 동아일보 퇴직자들의 친목 모임인 동우회 회장을 맡고 있다.

정 부장 다음으로 사회부장이 된 사람은 그의 입사 동기인 김봉호 부장이다. 자타가 인정하는 호인이었고 덕장 스타일이었다. 사건팀장이 원래 사회부장의 경호실장 격이어서 늘 옆에 붙어있는 경우가 많지만 나는 이분과는 특별히 친밀하게 지냈다.

김 부장은 매일 저녁 근무가 끝나면 회사 옆 신성 일식집에 출근하다시피 했는데 나는 특별한 일이 없는 한 참석 대상이었다. 술자리가 파하면 내가 사건팀의 야근 당직차를 불러서 동교동의 부장댁까지 모셔 드리는 경우가 많았다. 김 부장은 그냥 혼자 집에 들어가는 법이 없어 나는 매번 부장 집에 들어가 술을 한 잔 더 했다. 부장 아주머니는 매우 후덕하고 따뜻한 분이어서 남편과 함께 오는 동아일보 후배들을 언제나 환영했다. 나는 부장 댁에 갈 때마다 집에 들어서자마자 부장 아주머니와 허그부터 했다. 그러면 김 부장은 매번 "미친놈"하고 한마디 했다.

부장 댁 냉장고에는 늘 목포에서 갓 올라온 홍어가 들어 있어 홍어를 먹는 것도 부장 집에 가는 즐거움의 하나였다. 김 부장과 아주머니는 같은 목포 출신인데 특히 아주머니의 친정집은 목포 근 연안 여객선 노선을 장악하고 있는 선주로 목포에서는 소문난 부잣집이었다. 그래서 여객선 회사 대표를 맡고 있던 처남이 서울 매형에게 매주 흑산도 홍어를 보내주는 것이었다. 나는 김 부장 때문에 홍어의 대가가 되었다 해도 과언이 아니다. 김 부장은 심의실장을 끝으로 동아일보를 떠난 뒤에는 건강이 급격히 나빠져 2018년에 돌아가셨다.

사건팀장을 마치면 대개 정치부로 발령이 나는데 나는 일 년 반 동안 사건팀장을 한 후에 사회부에 남아 보건사회부를 출입했다. 전례가 없던 일이었다. 이 무렵 주위의 권유로 골프를 시작했다.

아내는 이 시절을 양면의 감정으로 기억한다. 경제적으로는 평생 가장 여유로웠던 시기라는 것이다. 그도 그럴 것이 월급이 적지는 않았는데 아직 아이들이 어려 교육비가 안 들었기 때문이다. 그래서 우리 가족은 휴일이면 자주 외식을 할 수 있었다.

반면 아내는 이 시기를 가장 힘들었던 시기로도 기억한다. 아직 어려 손이 많이 가는 아이 셋을 온전히 혼자 키워야 했고 남편은 주중에는 술 마시고 들어오고 주말에는 골프 가는 바람에 스트레스가 심했던 것이다. 아내는 이때부터 천주교 성당에 다니기 시작해 평생 성실한 신자가 되었다. 나도 한참 뒤에 아내에게 이끌려 신자가 되기는 했는데 가톨릭 신자라고 하기에 부끄러울 만큼 불성실한 신자다.

내가 일선 기자였던 1980년대, 90년대의 한국 사회는 촌지 문화가 있었다. 공무원 사회는 물론이고 기업과 교육계, 언론계 등 사회의 모든 부문에서 상대방에 대한 고마움의 표시로 일정한 돈을 봉투에 넣어 건네는 것이 관행이었다. 문제는 고마움의 표시로 그치는 것이 아니라 뇌물과 거래의 성격조차 없지 않았다는 점이다. 나 역시 촌지에서 자유롭다고는 할 수 없다. 하지만 나름대로의 원칙은 정해놓고 있었다.

어떠한 경우에도 조건이 붙는 촌지는 받아서는 안 된다는 것이 첫 번째 원칙이었다. 촌지가 나의 취재와 보도 활동에 영향을 미쳐서는 안 된다는 것이다. 실제로 촌지가 다 같지는 않다. 부정과 부패 그리고 잘못된 것을 무마하기 위해 건네는 촌지는 뜻 그대로의 작은 성의가 아니라 부정한 거래가 될 것이다. 반면 정부 조직의 기관장이나 기업 쪽에서 집행할 수 있는 판공비의 범위 내에서 건네는 용돈은 주는 쪽이든 받는 쪽이든 심리적 부담이 덜한 편이었다.

나의 두 번째 원칙은 나보다 상대적으로 처지가 못한 경우는 상대가 나의 도움에 대해 진정으로 고마운 마음으로 건네는 촌지라도 받아서는 안 된다는 것이었다. 아무튼 나는 '부담 없는' 촌지는 사양하지 않았다.

내가 받았던 촌지 중에 가장 기억에 남는 것은 1989년 무렵 당시 김우현 치안본부장(현 경찰청장)으로부터 받았던 촌지다. 내가 치안본부 출입을 할 때 치안본부 4차장으로 정보담당 책임자였던 김우현 씨를 처음 만났다. 그는 경찰치고는 합리적이었고 신사 같은 이미지였다. 그와 나는 금방 친해졌다.

그 뒤 나는 사건팀장이 되면서 서울시경으로 출입처를 옮겼고 뒤이어 그도 치안정감으로 승진하면서 서울시경국장이 됐다. 그는 당시 시국치안의 현안에 대해 자주 나의 의견을 묻곤 했다. 그 뒤 내가 보건사회부 출입 기자로 옮기고 그는 치안본부장이 되면서 우리는 서로 만날 기회가 전혀 없었다.

어느 날 내가 오전 내근 근무를 마치고 회사 옆 뉴국제호텔 3층 사우나의 건식 찜질방에 들어가 땀을 뻘뻘 흘리고 있는데 그가 불쑥 들어왔다. 그 역시 피로를 풀기 위해 점심시간에 사우나에 온 것이었다. 그는 나를 보자 엄청 반가워하더니 다짜고짜 내 손을 붙잡고 찜질방 밖으로 데리고 나갔다. 그러고는 라커룸까지 가더니 자기 로커의 옷에서 지갑을 꺼내 촌지를 건네는 것이었다.

그때 나는 치안본부 출입 기자도 아니고 그와는 업무적으로 아무런 연관도 없었다. 그는 머뭇거리는 나에게 "형님이 주고 싶어서 주는 거니까 잔소리 말고 받아"라며 거의 반강제적으로 촌지를 주었다. 서로가 완전 나체인 상태에서 촌지를 주고받은 것은 그때가 처음이자 마지막이었다.

김 본부장은 그 뒤 임명직 경북도지사를 했다. 그는 현직을 떠난 뒤 건강이 나빠져 한동안 병원 신세를 졌다. 세월이 한참 지난 뒤 2010년 무렵 어느 날 신문에서 그가 사망했다는 기사를 읽었다. 나는 부의를 챙겨 들고 서울아산병원 영안실로 문상을 갔다. 고인과 어떤 관계인가를 묻길래 출입 기자였다고 하니 아주머니가 무척 고마워했던 기억이 아직도 새롭다.

| 지방부, 미주리대 연수, 홍콩 특파원 |

1990년에는 갑자기 지방부로 발령이 났다. 사건팀장을 했던 기자가 지방부로 발령난 것도 전례가 없던 일이었다. 이 사건은 나의 삶에 있어서 네 번째 좌절에 해당된다. 그렇게 된 이유는 오보 사건에 휘말렸는데 출입했던 보건사회부 담당국장이 사회부장에게 항의하자 곧바로 지방부로 발령을 내버린 것이다.

무척이나 창피하고 특히 사건팀 후배들에게 낯을 들 수 없을 만큼 부끄러웠지만 감정을 겉으로 드러내지 않으려고 애썼다. 그리고 남는 시간에 영어공부를 시작했다. 또 야마오카 소하치의 『대망』24권을 읽었다.

사실 입사 후 근 10년 공부와는 담을 쌓고 살았기 때문에 머리가 고갈되어 있기도 했다. 광화문 구 사옥 4층 편집국 지방부에서 그 당시의 내 모습은 오후 내내 CNN이나 ABC를 시청하고 있거나 영어단어를 외우고 있는 사람으로 비추어졌을 것이다.

상식적이지 않았던 이 인사에는 지연, 학연, 평소의 관계 등이 복잡하게 얽혀 있는 것으로 해석되기도 했다. 지방부는 편했고 여유로웠다. 홍완식 부장과 김홍묵 차장 등 선배들이 많이 배려하고 우대해주었다. 일은 쉬웠다. 오전 중에 담당한 지역의 주재 기자들이 보내온 기사를 정리하거나 보완해서 데스크에 넘기기만 하면 하루 일이 끝났다.

조직에서 소위 물을 먹고 한직으로 밀려났을 때 그 사람이 선택할 수 있는 처신에는 대개 두 가지가 있을 것이다. 하나는 노골적으로 불만을 토로하면서 자신에게 물을 먹인 사람과 조직을 비난하고 농땡이를 치는 것이다. 다른 하나는 죽은 듯이 엎드려 오히려 보란 듯이 자기 임무를 성심성의껏 수행해나가는 것일 것이다.

조직에서 소위 물을 먹고 한직으로 밀려났을 때, 대개 세 개의 시선이 그 사람을 가만히 지켜보고 있지 않을까?

첫 번째 시선은 당연히 좌천시킨 당사자일 것이다. 그 인사 결정이 무리한 것이었으면 그럴수록 더욱 주시하고 있을 것이다. 그 사람 입장에서는 자기가 물을 먹인 사람이 불평불만을 하고, 일에 태만하며, 소위 깽판을 쳐주는 게 가장 좋을 것이다. 자신의 인사가 정당했다는 것을 증명해주는 행동이기 때문이다.

두 번째는 다른 조직원들의 시선이다. 그들은 무관심한 체하지만, 실상은 그 인사가 무리한 것이었다는 것을 다들 알고 있기 때문에 당사자가 어떻게 행동하는지에 대해 관심이 많은 것이다. 그래서 다들 주시하고 있기 마련이다.

세 번째는 아마도 운명의 시선일 것이다. 운명은 그 사람이 어떻게 행동하고 어떤 자세로 좌절의 순간을 받아들이는지를 보이지 않는 눈으로 지켜볼 것이다. 어쩌면 물을 먹인 진짜 주체는 바로 그 사람의 운명일지도 모른다. 오늘에 만족하면서 자기 계발을 게을리하는 인간을 보다못해 운명이 그 사람의 밥그릇을 차버린 것인지 모른다.

　나는 지방부에서 근무하는 동안 지방 주재 기자 선후배들과도 친하게 사귀었다. 그리고 친소 여부와는 상관없이 주재 기자들의 업무 긴장도를 급격하게 끌어올렸다. 정시에 출근하고, 정시에 기사 송고하고, 남의 기사 베끼지 말고, 취재 꼼꼼히 하고 등등을 끊임없이 요구했다. 타성에 젖어 무사안일하던 일부 주재 기자들에게는 악몽 같은 사태가 벌어진 것이다.
　몇 번 주의를 주어도 개선이 안 되면 사정없이 본사로 불러올렸다. 1, 2주 출장 명령을 내어 본사에서 근무하게 한 것이다. 특히 지방신문 기자를 하다 동아일보 지방주재 기자로 스카우트 된 젊은 기자들은 2~4주 안팎으로 본사 사건팀에서 수습 과정을 밟게 했다. 그들도 대개 경력이 5년 이상 된 기자들이니 수습기자 훈련을 받으라고 하면 창피하기도 했을 것이다.
　나의 이러한 조치는 홍 부장을 설득해서 이루어진 것이지만 국장단도 좋아했고 타 부서에서도 박수를 보냈다. 전례 없었던 일이 벌어지니 재미있기도 하고 신기하기도 했던 것이다. 기자 경력이 국장과 비슷한 사람이 불려 올라오면 국장은 "당신도 정동우에게 불려 온 거야?"라며 밥을 사곤 했다. 사실 이러한 조치는 회사 차원에서 보면 지출하지 않아도 될 장기 출장비를 지출하는 것이지만 기꺼이 내 뜻대로 하게 해주었다.

6개월쯤 지나자 부장을 통해 야간 영어 수업 수강 제의가 들어왔다. 한국외국어대학교에 개설된 공무원과 언론인을 위한 5개월 과정을 공짜로 들으라는 것이다. 마다할 이유가 없었다. 일 년쯤이 지났을 때 국장실에서 부장을 통해 해외연수 신청을 내보라는 권유가 있었다.

당시 대우그룹이 운영하던 서울언론재단에서 1년간의 해외대학 연수 프로그램을 제공하는데 동아일보에서는 나를 추천할 테니 신청해보라는 것이었다. 지방부 소속 기자가 해외연수를 가는 것도 전례가 없었던 일이었다.

사실 지방부 발령은 내 삶과 특히 아이들의 삶에 큰 변화를 몰고 왔던 사건이었다. 그렇지 않았다면 평범하게 보냈을 내 생활이 근본적으로 바뀌었고 아이들도 국내파 어린이에서 해외파 어린이로 바

◆ 아름이와 보람이

일곱 번의 좌절

꾸는 계기가 됐기 때문이다.

1992년 12월 미국 중부 미주리주 컬럼비아에 있는 미주리 주립
대에 아내와 아이들을 데리고 연수를 떠났다. 전 가족의 왕복 비
행기 표와 월 2,000달러의 생활비 보조금, 그리고 학교에 내는 수
업료를 전액 지급해주는 조건이었다. 물론 동아일보의 월급은 전
액을 받았다. 당시 나는 40세, 아내는 37세이고 아이들은 미국에
서 초등학교 3학년, 2학년, 유치원에 편입했다.

미주리 주립대 저널리즘스쿨은 당시에는 매년 실시되는 미국 내
단과 대학별 순위 선정에서 저널리즘 대학으로는 1등을 놓치지 않
는 대학이었다. 이 학교에는 한국인 장원호 박사가 부학장으로 근
무하고 있었고 나도 장 박사의 추천으로 이 대학으로 가게 됐다.

컬럼비아에서는 이 층 아파트의 방 두 개짜리 일 층에서 살았
다. 그 도시에서는 비교적 여유 있는 사람들이 사는 지역이었다.
아이들을 학교에 편입시키니 한 반에 30명 남짓했는데 전원이 백
인 어린이들이었다.

아이들이 크리스마스 방학을 마치고 신년 초에 개학을 해보니
한국에서 온 예쁘장하게 생긴 여자아이가 말은 한마디도 못 한 채
얌전하게 앉아 있으니 신기했던 모양이었다. 담임 선생님이 "이
아이의 헬퍼(helper)를 할 사람은 손을 들어보라"고 하자 전원이 다
손을 들었다. 아름이와 보람이 반에서 동시에 일어났던 일이다.

개학한 지 2주 만에 아름이가 학교에서 편지 하나를 들고 왔다. 아름이의 헬퍼인 커트니 머세트의 엄마인 수가 쓴 편지였다. 내용은 이랬다.

　'우리 애가 너의 애에게 너무 열렬히 빠져있다. 그래서 우리 애가 너의 애를 집으로 초청해 하룻밤 같이 자면서 놀고 싶어 한다. 혹시 당신이 괜찮다면 이번 금요일 하교 후 오후 5시경에 너의 집으로 애를 데리러 가겠다. 만약 너의 애가 온다면 저녁 먹기 전까지는 미녀와 야수 테이프를 보며 놀게 하겠다. 만약 이 영화가 종교적이거나 혹은 다른 이유로 마음이 들지 않는다면 원하는 영화를 말해주면 준비하겠다. 저녁 메뉴는 이러이러한 음식을 제공하겠다. 혹시 너의 애가 채식주의자라면 미리 말해달라, 저녁 식사 후에는 무슨 무슨 놀이를 하면서 놀게 하고 잠은 몇 시에 재우고 다음 날 아침은 몇 시에 깨워 아침 식사는 무엇을 먹이고 너의 집에는 언제 데려다주고…' 등등으로 되어 있었다.

　아름이는 그 집에 가서 하룻밤을 잘 보내고 돌아왔다. 그다음 주에 내가 똑같은 형식의 편지를 써 보냈다. 금요일에 그 집 애가 우리 집에 와서 하룻밤을 자면서 우리 애 셋과 잘 놀았다.

　이렇게 해서 자주 왕래하다 보니 그 집 부부와 우리 부부도 친하게 되어 남편들은 술을 마시고 아내들은 손짓, 발짓으로 수다를 떨면서 서로 친하게 지냈다. 우리 아이들의 영어 말하기가 빠른 속도로 늘었음은 물론이다.

아름이의 영어 습득 속도는 특히 빨라 그해 12월에는 교내 영어 단어 경시대회인 spelling bee 선발대회에 자기 반 대표로 선정되고 클린턴 대통령에게 보내는 환경보호 호소문이 채택돼 백악관까지 보내지기도 했다. 담임교사가 아내를 학교로 불러 "이 아이가 일 년 전에 미국에 온 게 맞느냐" 물었다고 한다. 보람이는 미술대회 학교 대표로 뽑혀 카운티 대회까지 진출했다. 훈이는 그다음 해에 초등학교에 진학했다가 귀국해서는 1학년 2학기에 편입됐는데 한동안 영어로 말하고 학교 숙제인 일기 쓰기도 영어로 썼다.

연수 기간 여행도 많이 다녔다. 미국 도착하자마자 세인트루이스 현대자동차 지사에서 업무용으로 쓰던 일 년 된 소나타 2.0를 싼값에 구입했다. 그리고 곧바로 플로리다 여행을 2주 동안 갔다 온 것을 비롯하여 그다음 해 봄방학에는 장원호 박사 부부, 한국경제신문의 박영배 차장 가족 등과 함께 콜로라도 아스펜에 스키 여행을 다녀오기도 했다.

여름방학 때는 우리 가족끼리 그랜드 캐니언, 라스베이거스, 요세미티, 샌프란시스코, 밴쿠버, 로키산맥, 옐로스톤 등을 한 달 동안 여행하기도 했다. 잠은 전국적인 캠핑 사이트 체인인 KOA에서 텐트를 치고 잤다. 그때는 모텔에서 잘 돈도 부족했지만, 여행이란 으레 텐트를 치고 자는 것인 줄 알았다. 가을에는 워싱턴과 뉴욕 게티즈버그와 셰넌도어국립공원 등을 여행했다. 이때는 모텔을 이용했다.

미국에 가기 전에 우리는 경기도 일산신도시에 58평 아파트를 분양받았다. 그래서 일원동 기자아파트를 팔고 그 돈으로 일산아파트의 중도금을 한꺼번에 다 내고 갔다. 입주일은 나의 일 년 연수가 끝나는 1993년 12월 중순에서 8개월 정도 지난 1994년 7월이었다. 돌아올 때는 혼자 귀국했다. 아내와 아이들은 일산 입주에 맞추어 귀국하기로 한 것이다.

◆ 2009년 7월 무렵의 가족사진. 아들은 전역 직후이고 딸들은 아직 결혼하기 전이다.

나는 회사로 복귀하면서 국제부로 발령받았다. 가족들이 돌아올 때까지는 회사 근처에서 하숙했다. 국제부에서는 2년을 근무했는데 내심 영어권 국가의 특파원을 바랐다. 하지만 그동안 뉴욕과 런던 특파원이 바뀌었으나 나에게는 기회가 돌아오지 않았다.

런던 특파원이 서울대 출신으로 나보다 3년 후배인 사람이 선정됐을 때 나는 참을 수가 없었다. 그래서 어느 날 점심 식사를 마친 후 편집국장실을 찾아갔다. 마침 당시 이현락 편집국장도 식사를 마치고 잠깐 눈을 붙이기 위해 소파에 기대어 누워 있었다. 자려다가 내가 찾아가니 좀 짜증스러웠던 모양이다. 귀찮다는 표정으로 용건을 묻길래 내가 다짜고짜로 말했다.

"내가 지방대 출신이고 이 회사 내에서 학연도 없다는 것을 잘 압니다. 그래서 다른 사람들보다 150% 정도 근무 성적이 좋은데도 다른 사람이 선정되는 것은 억울하지만 참을 수 있습니다. 만약 200% 정도 성적이 좋은데도 다른 사람이 선택된다면 참을 수 없지만 그래도 참을 수밖에 없다는 것을 스스로 알고 있습니다. 그러나 250% 정도의 능력을 발휘하는데도 다른 사람이 선택된다면 그것은 참고 말고의 문제가 아니라 문명과 야만의 문제입니다. 동아일보의 사시인 민주주의와 문화주의에 정면으로 위배되는 일이 됩니다."

실제 내가 그만큼 성적이 좋다는 이야기가 아니라 그렇게 주장을 해본 것이었다.

이 국장은 나를 가만히 쳐다보고 있더니 알았으니 그냥 나가보라고 말했다. 그리고 몇 개월 뒤에 불렀다. 홍콩 특파원 교체 시기가 되었는데 수락할 의향이 있느냐는 것이다. 몇몇 선배와 상의를 해보니 무조건 받으라고 말했다. 3년 뒤 뉴욕이나 런던 특파원으로 선정된다는 보장이 있느냐는 것이다.

1996년 5월에 홍콩 특파원 발령을 받았다. 그런데 이 선택은 결과적으로 아주 잘한 결정이었다. 그 당시는 홍콩이 영국에 반환되기 일 년여 전인 시점이어서 아직도 영국의 지배를 받고 있었다.

우리 아이들은 가자마자 해당 학교의 영어 테스트를 거쳐 아름이와 보람이는 중학교 과정의 영국식 교육기관인 웨스트 아일랜드 스쿨에 들어갔고 훈이도 같은 계열학교로 초등학교 과정인 케네디 스쿨에 들어갔다. 학비가 비쌌지만 다들 들어가고 싶어 하는 학교였다. 아이들이 영어를 모국어 못지않게 하는 계기가 된 것이다.

임지로 출발하기 전 당시 오명 사장에게 인사를 하러 갔다. 사장실에 들어가 간단히 인사를 하고 나오려다가 내가 불쑥 한마디 했다.

"사장님 많이 힘드시죠? 사장님을 마음으로 성원하는 기자들도 많으니 힘내세요."

오 사장은 나를 물끄러미 쳐다보다 소파에 앉으라고 했다. 오 사장은 대통령경제과학비서관, 체신부장관, 건설교통부장관 출신으로 한국의 통신 체계를 현대화시킨 장본인이다. 그는 사장직을 제안받았을 때 동아일보를 개혁해 미래지향적인 언론사로 만들어 보겠다는 포부를 가지고 응했다. 하지만 그는 동아일보에서 죽을 쑤고 있었다. 무엇하나 자기 뜻대로 되는 것이 없었고 말이 사장이지 아무런 권한과 결정권이 없었다.

사주의 힘 때문이었다. 회사 내 모든 사람이 사주만 바라보고 사장은 얼굴마담 정도로만 생각했기 때문이다. 아마도 자존심이 매우 상하는 상태에서 어쩔 수 없이 사장직에 머물러 있었을 것이다. 그러던 차에 엉뚱한 사람에게서 생각지도 않은 위로의 말을 들었으니 약간은 놀랐던 모양이다.

그날 오 사장과 회사 내의 분위기와 문화에 대해 약간의 이야기를 나누고 물러 나왔다. 그런데 나의 그 짧은 위로의 인사는 세월이 한참 뒤에 큰 보상으로 되돌아오게 된다.

이 시기에 동아일보는 그 위상이 서서히 추락하고 있었다. 1990년대 초반에는 이미 조선일보에 구독 부수 국내 1위 신문 지위를 추월당하고 영향력도 옛날 같지 못했다. 그리고 1990년 중반에 들어서면서 중앙일보에도 밀리기 시작했다. 시중에는 소위 '조·중·동'이라는 말이 고착어가 되어 갔다. 이때는 아직 컴퓨터도 인터넷도 일반화되기 이전으로 신문산업 전체의 침체가 시작되기 이전이었다. 유독 동아일보만 침체됐던 것이다.

동아일보가 이처럼 하향곡선을 걷게 되는 이유는 전적으로 그 구성원들에게 있었다. 나 자신을 포함한 동아일보 기자들과 경영진은 너무 오랫동안 축배를 들었고 자만했고 현실에 안주하고 있었다. 회사의 모든 구성원이 대내외적으로 큰소리만 쳤고 늘 우리끼리 서로 아부하고 거들먹거리며 술판만 벌였다.

그러다 보니 과거에 동아일보 내부를 지배했던 혁신과 진취적인 분위기는 사라지고 점차 관료화되어 가고 조직도 그 구성원도 몸과 마음이 늙어 갔다. 이제는 새파란 신입 기자가 아버지뻘 되는 부장과 국장에게 할 말은 제대로 하는 분위기는 사라지고 '알아서 기는' 분위기가 팽배해져 갔다.

사주를 정점으로 윗사람에게 줄을 서는 분위기가 일반화됐고 그 대열에 끼지 못하는 사람들은 점차 시니컬해져 갔다. 부수와 영향력에서 경고음이 계속 울리는데도 다들 그 소리를 듣지 못했다. 오명 사장 같은 사람을 영입해놓고도 얼굴마담 노릇만 하게 하고 제대로 활용을 못 한 이유이기도 하다.

홍콩으로 부임한 나는 그해 말에 전 세계적인 특종기사를 썼다. 김경호 일가족 17명 북한 탈출 사건을 특종 보도한 것이다. 이 사건은 김경호 씨의 미국 친척이 앞에 나서고 한국의 국정원이 기획을 했던 사건이다. 국정원은 이들 친인척 일가족을 북한에서 빼내어 중국 대륙을 거쳐 홍콩까지 데리고 가 홍콩 교도소에 숨겨놓았던 것이다.

당시의 김영삼 정권은 이 사건을 정치적으로 어려움이 닥치면 국면을 전환하는 용도로 써먹으려고 이들을 절대 외부에 노출될 염려가 없는 홍콩교도소에 대기시켰던 것이다.

어차피 이들은 홍콩 국경을 무단 침범한 사람들이기 때문에 홍콩 당국의 사법심사 대상이고 한국 정부가 인수하기 전에는 홍콩

교도소에 대기할 수밖에 없었다. 그런데 홍콩 사법당국이 이들을 심문하는 과정에서 한국어 통역이 필요했고 홍콩중문대학의 한국인 교수를 초빙했던 것이다.

나는 그 교수를 총영사관 모임에서 처음 만났는데 자주 그에게 전화 통화를 하며 이것저것을 묻거나 가끔 밥을 사기도 했다. 그런데 어느 날 그가 만나자는 것이다. 그는 홍콩당국으로부터 매우 강한 함구 지시를 받았지만, 나에게만 제보한다고 말했다.

이 기사는 동아일보 1면 톱을 장식했고 아침에 신문이 배달되자마자 외교부가 공식 발표를 해 대부분의 외신이 크게 보도했다. 그리고 한국에서 취재진 50여 명이 홍콩으로 몰려가게 만들었다. 이 보도로 나는 제1회 삼성언론상을 수상하고 상금 2천만 원을 받았다.

그때 김병관 사주께서 지인들과 함께 홍콩에 들렀다가 우리 부부를 불러 밥을 사주면서 애로사항이 없느냐고 물었다. 나는 홍콩 공립학교에서는 광동어로 수업이 진행되기 때문에 애들을 공립에 못 보내고 영국학교에 보내야 하는데 학비가 많이 든다고 했더니 그다음 달부터 아이들 3명의 학비 절반을 회사에서 대주도록 조치를 해주었다. 대개 어느 회사든 특파원 자녀들은 현지 공립학교에 보내는 것을 원칙으로 하고 있었고 국제학교 등에 보낼 때는 자비로 보냈다. 나로서는 엄청난 횡재를 한 셈이었다.

우리 가족의 홍콩 생활은 나름 재미있었다. 아이들은 학교에서 다양한 친구들을 사귀었고 아내도 한인 성당을 중심으로 좋은 사람들과 교류하면서 재미있게 보냈다.

홍콩에서 만나서 지금도 여전히 친하게 지내고 있는 사람 중에 한무웅 씨가 있다. 당시 그는 조흥은행 홍콩법인장으로 근무하고 있었다.

그때 동아일보는 홍콩섬 서북쪽의 빅토리아 항이 내려다보이는 미들레벨에 위치한 '파크아파트' 29층에 37평형 한 채를 홍콩 특파원 사택으로 보유하고 있었는데 그는 그 아파트의 옆 동에 살고 있었다. 또 한인성당의 교인이기도 해서 우리는 금방 친해졌다. 한 법인장은 우리 아이들이 영세(領洗)를 받을 때 자진해서 대부가 되어 주기도 했다.

그는 나보다 8년 선배인데 인천고와 연세대 경영학과를 졸업하고 조흥은행에 들어가 뉴욕과 북경지점 등 엘리트 코스를 거친 사람이다. 하지만 정권이 바뀌고 은행의 인맥 지형이 갑자기 달라지면서 결국 부행장 승진을 못 하고 물러났다. 하지만 그의 실력을 필요로 하는 곳이 많아 그는 중견기업에서 오랫동안 대표이사로 지내며 그 기업의 회계와 재정 운용 체계를 바로 잡아주기도 했다.

우리는 부부끼리 거의 30년 가까이 친하다 보니 친척 비슷하게 되어 갔다. 한 선배의 큰딸이 결혼한 뒤 사돈댁에 초청받았을 때는 나도 같이 가서 대접을 잘 받았다. 한 선배 형수와 나의 아내도 자매처럼 지낸다.

나는 당시 같이 근무했던 다른 언론사의 특파원들과 함께 맛있는 음식도 많이 먹고 골프도 많이 쳤다. 홍콩 총독 관저 인근에 있었던 외신기자클럽은 음식도 맛있었지만, 세상의 맛있는 맥주와 위스키가 다 있었다. 특파원들은 면세 가격으로 이용했다.

그다음 해 7월에 홍콩 반환이 이루어지고 11월 무렵에는 IMF 외환위기가 터졌다. 회사에서 철수 지시가 떨어졌다. 1998년 초에 결국 임기를 다 못 채우고 홍콩의 동아일보 특파원 사택을 처분하고 귀국했다. 내가 동아일보의 마지막 홍콩 특파원이 됐다.

데스크와 사회부장

　귀국과 동시에 사회부 차장으로 발령이 났다. 이제 일선 취재기자 시절은 끝나고 내근 데스크 생활이 시작된 것이다. 선배의 권유로 동국대 야간 언론정보대학원에 등록했다. 등록금은 장학금으로 대체됐다.

　나는 2년 뒤 동국대에서 언론학석사 학위를 받았다. 그리고 석사논문 지도교수의 강력한 권유로 박사과정에 진학했다. 한국외국어대학교 대학원 언론학 박사과정이었다.

　2001년 초 김대중 정권이 후반기에 들어서면서 소위 조·중·동으로 불리는 보수 성향의 메이저 언론인 동아일보, 조선일보, 중앙일보와 정부 여당 사이에 전면전이 벌어지게 된다. 특히 동아일보와의 싸움이 치열했다. 정권 초기에는 꽤 밀월 관계를 유지했으나 갈수록 서로 부딪히고 불협화음이 커져 갔다.

　'바다 이야기'나 닷컴 붕괴 같은 정경유착형의 대형 사건이 잇

따라 일어난 탓도 없지 않았다. 정권은 언론사에 대한 세무조사에 착수했고 군소 진보 매체를 총동원해 조 · 중 · 동을 부도덕한 '족벌언론' '조폭 언론'으로 몰아갔다. 당시 나는 사회부 부장대우로 육정수 부장 휘하에 이기우, 최영묵 차장 등과 같이 데스크 진을 구성하고 있었다.

어느 날 부장이 오전 편집국 회의를 마치고 긴급 미션을 하나 가지고 왔다. 김대중 정권을 가장 신랄하게 비판할 수 있는 데스크 칼럼을 써서 그날 제작하는 신문에 신도록 하라는 것이다. 당시 국장이 칼럼의 성격상 사회부에서 쓰는 것이 맞다고 판단한 모양이었다. 그리고 이 칼럼은 특별 기고의 성격을 띠기 때문에 통상의 칼럼 분량인 원고지 8매를 넘겨도 좋다고 했다.

이 미션은 나에게 떨어졌다. 짐작건대 이 미션은 사주의 특별 지시인 것으로 보였다. 바로 신문사 내의 도서관 격인 조사부에 가서 이런저런 자료를 뒤지면서 구상했으나 뾰족한 글의 방향이 떠오르지 않았다. 그러다가 오후 3시가 지나서야 방향을 정했다. 마감 시간 두 시간 전이었다. 전두환 정권 시절과 지금 정권을 비교하고 그 당시의 언론과 지금의 언론을 비교해 범여권 전체를 비판하되 감성적인 접근을 해서 독자들의 공감을 이끌어 내자는 생각이었다. 2001년 6월 28일 자 〈아빠회사는 부도덕한 언론?〉이라는 제목의 칼럼이다.

지금도 많은 이들이 한국 민주화 운동의 상징이자 그 결정판으로 평가하고 있는 1987년의 '6 · 10 민주항쟁'을 생각할 때마다 기자는 엉뚱하게도 딸아이들의 어린 모습을 떠올리게 된다. 그리고 가슴에는 당시 어린 딸들에게 미안했던 마음이 파고들곤 한다.

돌이켜보면 20년 가까이 된 기자 생활 중에서 그때만큼 고되면서도 보람찬 나날을 보낸 적이 없었다. 권위적인 독재정권이 그 마지막 나날을 이어가고 있을 당시 집권세력은 정권의 유지를 위해서라면 어떤 짓도 서슴지 않던 때였다. 그해 초부터 시작된 박종철 고문치사 사건과 그 뒤 연일 계속되는 대학생과 시민들의 시위로 기자는 일요일을 집에서 쉰 적이 거의 없었다.

당시 유치원에 다니고 있던 연년생인 딸아이들은 다른 집 아빠와는 달리 일요일에도 한 번도 같이 놀아주지 않는 아빠가 원망스러워 휴일 아침이면 회사로 나가는 기자의 앞을 가로막곤 했었다. 그때마다 아이들을 달래며 써먹었던 말이 있다.

"아빠가 나가서 나쁜 사람들을 말리고 혼내주어야 해. 아빠가 가지 않으면 착한 많은 사람들이 피해를 보게 될 거야. 아빠가 너하고 놀아주지 못해도 착한 사람들을 도와주는 것은 괜찮지?"

그랬다. 그때 우리는 그런 자세로 부도덕한 군사독재 권력의 치부를 취재하고 보도했다. 최루탄이 난무하는 시위현장에서 시위대와 함께 눈물을 흘리면서 함께 분노하고 투쟁했었다.

때로는 안기부의 조사를 받게 될 것이라는 등 위협도 적지 않았지만 우리가 하는 일이 옳은 일이고 동아일보 기자들 말고는 이 일을 대신 할 사람이 없다고 믿어 의심치 않았다. 그리고 회사는 당시 정권측의 온갖 압력에도 불구하고 기자들이 취재해 온 것을 축소하거나 묵살하지 않았다. 기자들의 가슴에는 열정과 순수가 있었고 회사는 역사에 대한 소명감을 갖고 있었다.

당시 김중배 논설위원(현 MBC 사장)이 쓴 '하늘이여 땅이여 사람들이여'로 시작되는 칼럼과 황열헌 기자(현 문화일보 논설위원)가 쓴 '철아 잘 가그래이. 이 아비는 아무 할 말이 없데이'라는 박군 장례식을 다룬 '창' 기사는 많은 사람 입에 회자되며 온 국민에게 슬픔과 분노를 안겨주었다. 그리고 그해 5월 동아일보 기자들이 채택한 '민주화를 위한 우리의 주장'이라는 제목의 시국성명은 그뒤 수많은 언론인과 교수들의 시국성명으로 이어졌다.

그 결과로 이어진 것이 6·10 민주화 항쟁이었다. 그 뒤 많은 세월이 지나 당시 민주화를 위해 함께 투쟁했던 분이 지금은 대통령이 되어 있다.

이제 고교 3학년이 되어 있는 큰딸이 물었다. "아빠 회사가 민주주의와 개혁을 거부하는 부도덕한 언론기업이 맞느냐"고. 그 당시 까만 눈망울을 깜박이며 아빠의 변명에 고개를 끄떡이며 아쉬움을 접던, 유치원생이었던 딸아이에게 작금의 분위기는 혼돈과 의혹 그 자체가 되고 있는 모양이다.

요즘 정부 발표와 여당의 목소리, 그리고 방송 매체와 일부 군소신문들의 보도를 보면 동아일보와 조선일보 등은 이 땅에 존재해서는 안 되는 천하의 부패집단인 것처럼 보인다. 마지막 독재권력에다 탈세를 일삼고 파렴치한 악덕 족벌사주에 의해 조종당하는 조폭적 언론이며…….

과연 이렇게 해도 좋은 것일까. 일부 언론이 주장하고 있는 소위 조폭들조차도 상대를 이런 식으로 상스럽게 다루지는 않는다. 인정할 것은 인정하고 존중할 것은 존중할 줄 안다. 권력에 대한 비판과 견제는 언론의 기본자세이자 창간 이래 동아일보를 관통하고 있는 기본 정신이다. 그런데 정권을 비판했다고 스스로를 되돌아보기는커녕 비판언론을 이런 식으로 매도해도 되는 것인가.

방송과 일부 언론, 그리고 정치인들도 그렇다. 우리가 숨겨진 진실을 파헤치고 민주화의 초석을 놓으려고 그렇게 노력하고 있던 바로 그때 그들은 무엇을 보도했고 지금 언론공격에 앞장서고 있는 여당의 김중권 대표는 어디에서 무엇을 하고 있었는지 묻고 싶다. 그동안 진보를 자처해 왔던 특정 신문과 가장 보수적인 친여신문들이 현 정권 들어 같은 노선을 걸으며

52

동아, 조선 흠집내기에 한 목소리를 내고 있는 현실은 바로 이 시대의 코미디라는 지적도 있다.

다들 역사 앞에서 자신을 되돌아보자. 그리고 초심으로 돌아 가자.

정동우 〈본보 사회부 부장대우〉

ㅁ - - - - - - - - - ■ - - - - - - - - - ㅁ

이 칼럼의 반향은 사뭇 컸다. 회사 내의 편집국 선후배들은 물론이고 일반 직원들도 점심시간에 로비 등지에서 나를 만나면 다들 한마디씩 고맙다는 말을 했다. 전국에서 독자들의 이메일과 손편지가 답지했다. 그동안 전혀 연락이 없던 고등학교 동창이 메일과 전화를 보내오고 심지어 대학을 같이 다녔던 후배 여학생이 메일을 보내오기도 했다.

칼럼이 나가고 난 오후에 책상에 앉아 일을 하고 있는데 조선일보 사장실이라며 전화가 왔다. 당시의 방상훈 사장이 나와 통화를 하고 싶어 한다는 것이다.

방사장은 "고맙다, 칼럼을 너무 잘 썼고 감명 깊었다"고 격려의 말을 했다. 내가 다소 당황했을 정도다. 바로 편집국장에게 방 사장의 격려 전화를 보고했다. 좀 시간이 지나 국장이 불렀다. 회장실에 올라가 보라는 것이다.

김병관 사주는 칼럼 잘 읽었다며 격려금으로 1백만 원을 주었다. 그 돈은 절반은 아내에게 주고 절반은 후배들과 몇 날 며칠을 회사 근처 종로2가 로터리곱창집에 가서 곱창 안주에 소주를 마셨다.

사회부 부장대우 시절 하루는 헤드헌터 회사 대표라며 전화가 왔다. 효성그룹에서 홍보 담당 임원을 물색해달라는 의뢰가 들어왔는데 전제 조건은 마산 출신이거나 최소한 경남 출신이면서 메이저 언론사의 주요 부서에서 차장급 이상 간부를 하는 사람을 원한다는 것이다. 그러면서 자기들이 물색해보니 내가 그 조건에 딱 맞다는 것이었다.

대우를 물어보니 내가 동아일보에서 현재 받고 있는 연봉의 두 배 정도를 줄 수 있고 첫 직위는 상무이지만 특별한 하자가 없으면 전무까지는 보장하겠다고 클라이언트가 제시했다는 것이다.

생각해보겠다고 하고 전화를 끊은 후 다음 날 거절한다고 통보했다. 아무리 생각해봐도 사회부장도 못 하고 여기에서 그만두기에는 너무 억울했기 때문이다. 만약 그때 내가 전문기자를 하고 있었다면 두말 않고 갔을 것이다.

나는 사회2부장을 거쳐 2002년 가을 무렵에 사회부장이 됐다. 그런데 이 인사도 순조롭게 이루어진 것이 아니라 온갖 수모를 겪고 투쟁하다시피 해서 쟁취해낸 것이었다. 내가 사회2부장으로 갔을 때 입사 한 해 후배가 사회부장이 됐다. 그는 그동안의 경력과 실적이 나보다 나은 것이 없었지만, 고려대 출신으로 사내 학연이 좋았다.

직장 생활을 하면서 비록 불합리하더라도 인정할 것은 인정해야 하는 때가 있는 법이다. 내가 기사 생산 실적이 더 좋고, 특종을 더 많이 했고, 회자되는 칼럼을 더 많이 썼다고 하더라도 그것만이 절대 조건은 아닐 것이다. 현실적으로 그가 사내에서 후원하는 세력이 더 많다면 그것도 그의 실력일 것이다.

그다음 인사에서 누구 보아도 내가 사회부장이 될 차례가 됐을 때 당시 편집국장은 자기가 총애하던 서울대 출신의, 나의 입사 2년 후배를 그 자리에 앉히려고 했다. 그러한 움직임에 대해 내가 강력하게 반발하고 있었고 회사 경영진에서도 만류가 있어 그 인사 계획이 포기된 것으로 알고 있다.

아무튼 26년의 동아일보 재직 동안 나의 인사는 제때 순조롭게 진행된 것보다는 그렇지 못했던 것이 더 많았던 것으로 기억된다.

언론사 편집국 내에서 소위 주요 부서장이라고 하면 정치·경제·사회 등 3개 부장을 일컫는다. 그 이유는 이들 부서가 인원수가 가장 많고 전체 지면에 기여하는 기사 생산량과 이슈의 중요도가 높기 때문이다.

사회부의 경우 사건팀과 법조팀 그리고 시청팀과 법무부, 행자부, 노동부 등을 커버하는 행정팀 일부가 있고 내가 재임할 때는 지방 주재 기자 전체도 사회부 소속으로 되어 있었다. 그러니까 부원 숫자가 50명을 넘기는 큰 부서였던 셈이다.

이들 부원을 관리하는 일도 간단치 않았다. 당장 고과 평가를 매기는 일만 해도 큰 작업이었다. 나는 기자들 고과평가는 4명의 담당 차장에게 맡기고 일부 수정 작업만 했다.

아침에는 9시 전후에 일선 기자들이 그날 출고할 수 있는 기사의 요지를 편집국 전용 통신망에 올리는데 담당 차장들이 중요한 것만 추려서 부장에게 보고하고 부장이 승인을 하면 기사 발제안을 편집부장에게 보낸다.

편집부장은 각 부에서 보내온 발제안을 토대로 그날의 전체 지면 배치를 구상하게 되는 것이다. 특정 기사에 대한 출고 여부의 결정권은 해당 부장에게 있고 출고된 기사에 대한 제목과 크기를 정하는 권한은 원칙적으로 편집부장이 가지는 것이다.

오전 10시 반 편집국 회의에서는 국장단과 각 부서장이 모여 그날의 지면 구성을 대충 정하고 오후 2시, 4시에는 편집국장 실에서 부국장단과 주요 부서장들이 모여 그날 제작되는 지면을 최종 결정하게 된다.

그 당시에는 오후 6시경에 신문이 인쇄되어 나온 후에도 주요 부장들은 귀가하지 못하고 밤 11시 최종판이 마감될 때까지 자리를 지키는 경우가 많았다. 외부 사람들과 저녁 약속이 있더라도 밤 10시 반에는 사무실에 들어와 당번 차장에게 보고를 듣고 최종

판의 출고를 챙긴 후에야 퇴근했다. 한마디로 회사에 자신의 모든 에너지를 쏟아붓는 것이다.

내가 사회부장을 하면서 업무와 관련하여 부원들에게 가장 많이 강조한 것은 '반론권'이다. 비판과 고발 기능은 보도 기능과 함께 언론의 가장 중요한 역할에 속한다. 언론이 부단히 비판하고 고발해야만 권력은 물론이고 사회 전반의 건강성이 유지될 수 있는 것이다.

물론 법원, 검찰, 경찰 등 법 집행기관의 역할도 우리 사회의 건강성을 유지하고 사회 정의가 실현되도록 한다. 그러나 이들 기관의 역할은 대개의 경우는 사후에 시작된다. 무언가 잘못된 일이 일어난 뒤에 그 책임을 묻거나 잘잘못을 따지는 과정에서 사법기관의 역할이 시작되는 것이다.

반면 언론은 예방적인 역할도 같이 수행한다. 정부와 민간 부문 등 어디에서건 무언가 잘못되어 가고 있다면 언론이 이를 고발하고 비판하여 잘못이 더 이상 진행되는 것을 막게 된다. 특히 정치인들의 과오와 비리를 막는 역할은 거의 전적으로 언론에게 맡겨지다시피 한다.

언론은 그 비판의 대상에 성역이 없는 것이나 마찬가지다. 대통령부터 말단 공무원까지 비리나 잘못이 언론의 취재망에 걸리면 일단 보도 대상이 되는 것이다. 그런데 언론은 '무언가 잘못을 저지른' 이들을 일방적으로 비판하고 고발해도 될까?

아니다. 결코 그렇지 않다. 고발과 비판이 아주 정당한 것이라고 할지라도 언론 스스로도 지켜야 하는 엄격한 절차와 규칙이 있는 것이다.

그 첫 번째 규칙이 상대에게 반론권을 충분히 보장해주는 것이다. 설혹 그 상대가 정말 나쁜 사람이고 용서할 수 없는 잘못을 저질렀다 하더라도 그렇다. 후배 기자들이 쓴 비판 기사에 대해 내가 반론권을 주문하면 흔히들 하는 말이 있다. "뻔한 거짓말을 하기 때문에 기사에 반영해줄 수 없다"는 주장이 그것이다.

그럴 때마다 나는 "거짓말도 실어주어야 하며 상대의 반론을 첨부하지 않으면 기사 자체를 쓰레기통에 버리겠다"고 말하곤 했다. 비판 당하는 사람에게는 거짓말도 자기방어의 수단이다. 아무리 언론이 공익과 사회 정의를 위해 보도한다고 하더라도 비판 당하는 사람의 인격권과 자기 방어권마저 무시할 권리는 없다.

나는 요즘의 신문과 방송 뉴스는 가급적 안 보려고 애쓰는 편이다. 언론이 보도하는 기사가 너무 분열 지향적이고 사회 상규에 반하는 내용들이 많아서이기도 하지만 언론의 보도 태도가 마음에 안 들어서이다.

요즘은 신입 기자들에게 취재와 보도의 기본자세와 수칙도 가르치지 않는 것일까? 보수와 진보 언론을 막론하고 너무 정파적인 입장에서만 보도하고 기사의 팩트를 자기가 보도하려는 방향에 맞는 것들만 선별하는 듯하다.

그리고 더 큰 문제는 상대편을 비판할 때 아예 반론권 보장 자체를 무시하는듯한 보도가 너무 많다. 설혹 일선 기자가 감정에 치우치고 세련되지 못한 기사를 보내왔다고 하더라도 데스크 과정에서 보완되고 걸러져야 하는데 차장, 부장, 부국장 등에서 아예 체크도 안 되는 것 같다.

뉴스 제작 과정에서 소위 데스킹(또는 게이트 키핑) 과정이 사라져 버린 것이다. 이래서는 언론이 사회적 공기가 될 수 없다. 객관성을 포기하고 주관적으로만 보도하는 언론, 그리고 게이트 키퍼 기능이 없는 언론은 더 이상 언론이 아니라 기관지이거나 찌라시와 다름없을 것이다.

연말에 송년회를 할 때는 지방 주재 기자들이 모두 올라오고 부산 대구 광주지사의 편집국 소속 사무 여직원들도 올라와 전체 참석자가 60여 명 가까이나 됐다. 이 사람들이 한곳에 모여 밤새 술을 마시고 놀려고 하면 웬만한 식당으로는 불가능했다.

내가 사회부장이 된 뒤 첫 송년회는 경기도 장흥의 송추계곡에서 펜션을 통째로 빌려 진행했다. 마당에는 밤새 모닥불을 피우고 별관 실내에서 술을 마시다 취하면 본관 숙소에 들어가 쓰러져 자는 식이었다.

송년회를 앞두고 각 출입처에서 보내온 양주만 30병이 넘었다. 이 중 일부는 편집, 교열, 국제 등 내근 부서에 보내고 나머지를 갖고 가 그날 다 비웠다. 맥주는 박스 채로 쌓아놓고 마셔댔다.

나는 참석자들 모두와 최소한 한 번씩은 폭탄주로 러브샷을 해야 했기 때문에 그날 내가 마신 폭탄주는 최소한 60잔은 넘었을 것이다. 내 인생 전체에서 가장 술을 많이 마신 날이었다. 새벽에 정신을 차려보니 다들 쓰러져 있었다.

◆ 부원들 집들이 초대

사회부장을 하다 보면 담당 출입처의 장들과 가끔 술자리를 같이 하는 경우가 생긴다. 나는 당시의 강금실 법무부 장관, 안대희 대검 중앙수사부장, 이용섭 국세청장 등과 여러 번 술자리를 가졌다.

우리는 주로 종로구청 건너편의 허름한 한정식집이나 조계사 옆의 한식집에서 만났다. 강 장관은 참모 중에서 공보관, 법무부 검찰국장과 검찰1과장 등을 주로 데리고 나왔고 나는 사회부 차장

일곱 번의 좌절

들을 데리고 나갔다. 술은 대체로 국산 위스키로 폭탄주를 만들어 마셨다.

강 장관은 여성치고는 술을 꽤 잘 마시는 편이었다. 그런데 그는 그냥 술을 마시는 법이 없었다. 폭탄주를 돌아가면서 마시면서 자기 차례가 되면 시를 한 수씩 읊는 것으로 게임을 하자는 것이다. 만약 시 밑천이 떨어지면 그때부터는 두 잔씩 마셔야 되는 것은 물론이다. 처음 만났을 때 나는 여섯 번째 잔이 돌아왔을 때 시가 바닥이 나고 말았다. 이백의 「산중문답」에서부터 시작하여 「목마와 숙녀」, 「국화 옆에서」, 「진달래꽃」 등을 거쳐 김삿갓의 음탕한 시까지 다 동원하고 나니 동이 났다. 그다음부터 강 장관을 만날 때는 가급적 짧은 시를 여러 편 외우고 나갔다.

강 장관은 운동권 출신이라고 생각되지 않을 만큼 유연하고 위트가 넘치고 매력이 있는 사람이었다. 그와 술자리를 가지면 법무부 장관이 아니라 여류시인과 만나고 있는 느낌이 들었다. 실제 술자리에서의 대화도 업무에 관한 것보다는 서로의 기호와 삶, 그리고 세상사에 대한 생각 등이 더 많았던 것으로 기억된다.

안 부장 역시 대검 중수부 과장들을 데리고 왔고 나는 차장들을 데리고 나갔는데 폭탄주를 주로 마셨다. 안 부장은 취해도 반짝이는 총기가 전혀 흐트러지지 않는 사람이었다. 그는 경기고를 나와 서울대 법대 3학년 때 사법시험에 합격해서 졸업을 못 하고 검사가 됐다. 그런데 서울대에서 학점을 다 이수하지 않았다는 이유로 졸업장을 주지 않는 바람에 공식적으로는 고졸 출신이었다. 그는 술자리에서 자신이 고졸이라고 장난스럽게 말하곤 했다.

그에게는 내가 차장 시절에 부장을 따라 나가서 술자리에서 만났던 대검 특별수사부장(뒤에 중앙수사부로 개칭)들에게서 느꼈던 분위기는 전혀 없었다. 말도 약간 더듬으면서 작은 목소리로 조곤조곤 말하는 그의 스타일은 특수부 검사의 최고 우두머리라기보다는 꼭 학자 같았다.

안 부장은 술자리를 가질 때마다 국산 위스키는 직접 가지고 왔다. 그는 승용차 뒤 트렁크에 국산 위스키를 싣고 다녔는데 술값을 아끼기 위해서였다. 위스키는 가지고 가고 맥주와 음식만 팔아 주는 것이니까 술값은 얼마 나오지 않았을 것이다. 안 부장과의 술자리는 지나가는 말로 한마디 하는 것에도 참고할 것이 많아 법조 담당 차장은 꼭 참석했다.

이 청장은 주로 공보관, 국세청 국장 그리고 개인납세국 과장이었던 나의 고교 동기생 김재천 군을 데리고 나왔다. 다들 술을 꽤나 하는 사람들이었다. 학교 다닐 때 문과에서 1, 2등을 다투던 김 군은 서울대 상대를 나와 행정고시를 거쳐 국세청 공무원이 됐다.

그는 당시 부이사관 승진을 앞두고 있던 처지라 청장과 나의 술자리에 끼는 게 싫지는 않은 눈치였다. 결국 이 청장 재임 중 그는 승진해서 중부지방국세청장을 지냈다. 원래 공무원 사회에서 검찰과 국세청 사람들이 술이 세기로 잘 알려져 있는데 국세청 사람들이 검찰 사람들보다 더 잘 마시는 것 같았다.

국세청은 언론사 경제부에서 출입하는 부처지만 전국의 지방국세청과 일선 세무서에서 자주 사고가 터지는 바람에 평소 사회부와도 좋은 관계를 유지하려고 하는 편이었다. 이 청장과 나는 처음에는 무엇인가 공적인 일 때문에 만났으나 그 진솔함과 친화력에 이끌려 그다음부터는 거의 사적인 친분이 유지된 경우다.

그는 광주 출신으로 지연, 학연 등에서 서로 엮이는 것이 없었는데도 나와는 분위기가 잘 맞는 편이었다. 우리는 술자리뿐만 아니라 각자 참모들을 대동하고 북한산 등산을 가기도 했다. 그는 등산길에서 내가 너무 빨리 걷는다고 불평했다. 그런데 내려와서는 다시 의기투합해 마셨다.

안 부장과 이 청장은 그 뒤 각각 대법관과 건설교통부 장관을 했는데 우리 아버지가 돌아가셨을 때는 내가 사회복지 전문기자로 그들과 업무상 전혀 관련이 없었지만 알리지 않았는데도 커다란 조화를 보내 주었다.

사회부장이 되자 무학언론인회 선배들이 회장을 맡으라고 강요하다시피 했다. 무학언론인회는 마산과 창원, 진해, 함안 등 마산 인근 지역 출신으로 서울에서 기자로 근무하는 사람들의 모임이다.

그 당시 회원 수가 약 100명 정도로 각 신문 방송사에 고루 분포되어 있었다. 지금까지의 회장은 마산고 21회 선배가 맡았는데 그 뒤 마땅한 후임자를 찾지 못하고 있었다. 그래서 내가 무려 10

기 정도를 건너뛰어 회장을 맡을 수밖에 없었다.

이 모임은 동향 선후배 기자들의 친목 모임이었고 만나면 담소와 안부를 나누며 저녁 먹고 술 마시는 게 전부이다시피 했다. 모임은 광화문 프레스센터 19층이나 20층 양식당에서 주로 열렸다. 그런데 우리는 그냥 친목 모임이었지만 범 마산 출신의 정치인들과 공무원들은 그렇지 않았던 모양이다.

이 모임에 참석해서 인사를 하고 밥을 사겠다는 사람이 줄을 섰다. 그도 그럴 것이 전 언론사를 망라해서 고향이 자신들과 같은 기자들 수십 명씩과 인사를 나누고 안면을 틀 수 있다는 것은 그들에게는 매력적인 일이었을 것이다. 회장인 나와 당시 총무를 맡고 있던 중앙일보 김동섭 차장에게 주로 연락이 왔다.

특히 김태호 당시 경남지사와 마산고 출신인 허남식 부산시장은 서울 올 때마다 무학언론인회 모임을 하기를 원했다. 또 마산제일여고 출신으로 서초구가 지역구인 이혜훈 의원은 스스로 무학언론인회의 기쁨조를 자처했다. 서울대 경제학과를 나와 미국 UCLA에서 경제학 박사를 받은 이 의원은 아는 것도 많고, 똑똑하면서도 겸손할 줄 아는 사람이었다. 나는 거의 5년간 회장을 하다 동아일보를 떠나면서 후배에게 물려 주었다.

정사모도 잊을 수 없는 모임이다. 국내 굴지의 대형 건설회사는 당연히 경제부가 맡고 있는 취재 대상이다. 그런데 건설회사들 역시 전국의 크고 작은 공사 현장에서 하도 사고가 많이 나니까 사회부장과 평소에 친해 두려고 애썼다. 그래서 홍보 담당자들이 찾아오거나 전화해서 술자리나 골프 약속을 잡으려고 했다. 내가 부장이 됐을 때 현대, 대림, GS, SK 등 건설회사 홍보부장들이 한 명씩 인사를 하러 왔다. 그리고 저녁 시간을 한번 내달라고 요청했다. 내가 물었다.

"당신이 말하는 저녁 시간은 구체적으로 어디를 염두에 두고 하는 말이요?"

그들은 강남 룸살롱을 염두에 두고 있다고 했다. 그 당시만 해도 강남 룸살롱에서 술을 한번 접대해야 효력이 있다고 생각했던 모양이었다. 내가 구체적으로 지침을 정해 주었다.

"강남 룸살롱은 안되고, 여자 있는 집은 안된다. 사양하는 것이 아니라 내가 싫다. 굳이 술을 사고 싶으면 동아일보 맞은편 빌딩의 지하 생맥줏집에서 만나자. 그 대신 나는 후배들을 데리고 가겠다."

그래서 사회부는 물론이고 내근 부서 차장 중에서 친한 친구들을 여러 명 데리고 나가 즐겁게 술을 마셨다. 건설회사별로 이렇게 했는데 어느 날 4개 건설회사 홍보부장이 자기들끼리 정사모를 만들었다고 알려왔다. 홍보를 위해 많은 언론사의 간부들을 접촉해봤는데 내가 가장 멋있더라는 설명이었다.

여기에다 사회부 차장을 포함한 차장 3명이 합류하여 모두 7명이 정사모 멤버가 되었다. 만나면 늘 생맥줏집에서 흥겹게 스트레스를 푸는 모임이었다.

이 모임은 내가 전문기자로 발령이 나면서 해체 선언을 했는데 자기들끼리 모임을 계속 이어갔다. 내가 동아일보를 떠나면서 다시 한번 더 해체 선언을 했지만 역시 그대로 존속되고 있다. 정작 나는 빠지다시피 하고 자기들끼리 정사모 모임은 이어가고 있는 것이다.

정사모 멤버 중 기업 쪽 친구들은 대부분 전무와 부사장까지 승진을 했고 동아일보 후배들도 사회부장 경제부장 등과 광고국장 사업국장 등을 하고 회사를 떠나 기업과 정부 쪽에서 기관장급으로 중용됐다. 나는 기업 쪽 정사모 멤버의 아들 결혼식에 주례를 서기도 했다.

여기까지 쓰고 보니 마치 후배들 모두가 나를 매우 좋아했고 내가 인기가 있었던 것처럼 들릴 수도 있겠다. 하지만 그것은 사실이 아니다. 스스로 평가하건대 나는 후배들 사이에서 좋아하는 쪽과 싫어하는 쪽이 분명히 나뉘는 사람이었다.

나를 좋아했던 후배들은 같이 근무했을 당시는 물론이고 그 이후에도 친교가 이어져 지금까지도 좋은 관계를 유지해오고 있지만, 나를 싫어했던 사람들은 지금도 "다시는 상종조차 하고싶지 않다"는 사람도 없지 않다. 그 이유는 물론 나 자신에게 있다.

영어단어 중에 'nay sayer', 'no go', 'non starter'라는 단어가

있다. 나는 이 단어에 해당하는 사람을 끔찍이도 싫어하는 편이었다. 이러한 내 성향과 관련된 에피소드가 한둘이 아니다.

내가 사회2부장이었을 때 휘하 차장에게 "담당 기자에게 무엇을 취재시키라" 지시했을 때, 그 차장이 "그것은 안된다"거나 "취재 해내기가 어려운 주제"라는 반응을 보이는 경우가 더러 있었다. 그때 나는 그 차장이 보는 앞에서 직접 일선 기자를 호출해 "무엇무엇을 어떠어떠한 방법으로 취재해서 언제까지 기사를 송고하라"고 지시하곤 했다. 그 기사는 훌륭히 취재되어 크게 보도된 것은 물론이다. 해당 차장은 수모를 느꼈을 것이다.

사회부장을 할 때도 일부 지방 주재 기자들이 능력이 부족한 것은 크게 나무라지 않았지만, 미리부터 '안된다'거나 '불가능하다'는 식으로 나오는 사람들에게는 관용을 베풀지 않았다. 그런 친구들에게는 "구체적으로 어떤 부서를 접촉해서 어떻게 취재해서 기사를 어떻게 작성해 송고하라"고 지시했다. 그래도 안 될 경우는 해당 기자가 맡은 일을 다른 기자에게 임시로 맡겨서 취재시키는 일도 있었다. 그러한 일을 겪은 사람은 두고두고 나를 미워했을 것이다.

요즘의 젊은 사람들이 볼 때 나는 '라떼'로 불리는 꼰대이거나 과거 권위주의 시절에 어울렸던 사람으로 보일지도 모르겠다. 하지만 나는 요즘 신문에 가끔 나오듯이 기업에서 중간 간부들이 부하 직원들의 '갑질' 고발이 무서워 업무 지시도 제대로 못 한다는 기사를 볼 때는 '기사가 과장됐겠지'라고 생각한다. 만약 그렇지 않다면 조직이 제대로 돌아가고 업무에 성과를 내는 것이 불가능할 것이기 때문이다.

광화문 클럽은 내가 주도해서 만든 고교 동기생 모임이다. 그당시 광화문 근처에 직장이 있어서 가끔 만나던 동창들을 묶어서모임을 만든 것이다. 국세청의 김재천 국장, 대림산업의 이병찬부사장, 필립모리스의 이진무 사장, 삼성중공업의 김철년 부사장, SK해운의 이규호 상무(뒤에 울산에서 도선, 하역회사를 설립해서 대표) 등이다. 이 친구들과는 일 년에 한두 번씩 부부 동반으로 만났다.

초기에는 동아일보 옆의 송전 일식집에서 만나다가 나중에는 범위를 넓혀 같이 연극도 보고 영화도 보러 다녔다. 매년 당번을 정해 그 친구가 그해 부부 동반 모임을 기획하고 주관하도록 했다.

우리는 부부 동반으로 부산에서 배를 타고 일본 대마도에 2박 3일 관광을 가기도 했고 제천 ES 리조트에 같이 가기도 했다. 이모임은 이병찬 군이 은퇴한 후 두문불출하고 이규호 군이 울산에서 터를 잡는 바람에 지금은 거의 해체된 상태다.

하루는 웬 여성이 전화해서 자신이 건국대 이사장이라며 만나서 상의할 일이 있다고 했다. 그래서 롯데호텔 일식집에서 만나기로 했다. 나가보니 김경희 이사장과 그 당시의 건국대 정길생 총장이 같이 나와 있었다. 혼자 나올 용기가 안 나서 총장에게 같이나가자고 부탁했다고 했다.

김 이사장의 첫인상은 집에서 부엌일 하다가 나온 아주머니 같은 느낌이었다. 어리숙하고 순진해 보였다. 김 이사장은 경기도 안성의 부잣집 딸로 그 당시의 명문 진명여고를 나와 한양대에 다니며 메이퀸으로도 뽑힌 적이 있다. 그는 20대 초반에 건국대 설립자 유석창 박사의 장남 유일윤 씨와 결혼하여 건국대 이사장의 아내이자 설립자의 맏며느리가 되었으나 남편이 일찍 사망하는 바람에 딸 둘을 키우며 어렵게 살았다.

남편이 죽자, 건국대는 차남이 이사장을 맡았으나 학사 부정으로 형사 처벌을 받아 학교법인의 이사 자격이 박탈됐다. 그 뒤 외부에서 이사장을 몇 명 모셔 왔으나 학교 운영이 난항을 겪자 동문과 설립자 친인척들 사이에서 설립자 가족이 학교를 맡아야 한다는 여론이 돌아 당시 학교법인 이사였던 그가 이사장을 맡은 것이었다. 그때가 2001년이다.

그런데 이번에는 시기하는 쪽에서 집요한 태클을 걸어오고 누명 씌우기식의 사생활 관련 소문을 뿌리기 시작했다. 그때 사회부의 그 학교 담당 기자가 제보을 받아 사생활을 취재하고 있었던 모양이었다. 대충 사정을 듣고는 내가 말했다.

"언론은 개인의 사생활을 캐내서 폭로하는 곳이 아닙니다. 그 사생활이 공적 활동과 연관이 있다면 취재 대상이 되지만 순수한 사적인 영역에 머물러 있을 때는 사실 여부를 떠나 언론이 관여할 바가 아니지요. 우리 기자가 아직 잘 몰라서 그러니 너무 걱정하지 마세요."

김 이사장은 나의 그 말에 너무 놀랐다고 뒤에 말했다. 명쾌하고 아무런 조건도 없이 자신의 고민을 단칼에 해결해 준 셈이기 때문이다. 나는 그 취재를 중지시키고 그 일을 잊어버렸다. 그런데 그 후에 김 이사장은 언론과 관련해서 고민이 있으면 나에게 전화했다. 마치 나를 믿음직한 상담자로 생각하는 듯했다.

그런데 그 당시 성낙인 서울대 법대 학장(뒤에 서울대 총장)이 서울대 법대 대학원에 처음으로 최고경영자 과정을 만들었는데 그 반에 안대희 대검 중수부장과 김경희 이사장이 들어 있었다. 두 사람이 성 학장의 학생이었던 셈이다.

그리고 사회부에서 그 당시 법조 담당 차장으로 있던 최영훈 씨는 서울대 법대 출신으로 성 학장, 안 부장 등과 친했다. 그러다 보니 김 이사장, 성 학장, 안 부장, 최 차장, 김 이사장의 친구인 문정희 시인 그리고 내가 같이 어울릴 기회가 더러 있었다. 두루 친해진 것이다.

김 이사장은 학교 경영을 맡은 뒤 건국대를 크게 업그레이드시킨 것으로 평가받는다. 학교 남쪽의 야구장과 골프 연습장으로 쓰던 넓은 학교 부지를 광진구청에 구의회와 문화센터 신축 부지를 떼어주는 것을 조건으로 개발허가를 받아냈다. 이 자리에 롯데백화점과 주거형 호텔인 클라래식 500, 초고층 주상복합아파트인 스타시티 등을 지어 개발 이익금을 학교에 재투자했다.

오늘날 건국대학교의 최첨단 병원 건물, 생명과학관 등 다수의 강의동과 공대 신축 건물 등은 이렇게 해서 생겨난 것이다. 기존의 건국대 구성원들은 상상도 못 했던 일을 구상하고 추진해서 학교에도 결정적으로 기여하고 학교 주변 일대의 스카이라인을 바꾸어 놓은 셈이다.

전남 보성 출신으로 한국시인협회장을 지내고 현재 국립한국문학관장을 맡은 문정희 시인은 타고 난 이야기꾼이다. 그는 사람들 입에 회자되는 많은 명시를 지은 사람이지만 그의 진면목은 시뿐만 아니라 '이야기하기'에서도 잘 드러난다. 그는 내가 만난 사람 중에서는 가장 재미있게 이야기를 이끌어 나가는 사람이었다. 그가 만들어 내는 사람들과 상황 묘사는 재미있는 정도가 아니고 그 자체가 예술이라는 느낌이 들곤 했다.

특히 대한민국 귀화 1호 외국인인 인요한(존 앨더만 린튼) 세브란스 병원 국제진료센터장이 순천의 토종 불알친구들과 주고받는 전라도 사투리를 흉내 내는 장면에서는 나는 매번 들을 때마다 배꼽을 잡고 뒤집어졌다. 문 시인은 김경희 이사장과 진명여고 동기인데 두 사람은 평생을 순망치한의 친구로 지내는 것 같았다. 그는 술을 한잔도 못 마시는데도 몇 시간씩 이어지는 술자리의 분위기를 주도했다. 김 이사장과 문 시인은 나보다 몇 살 위인 선배들이지만 서로 오래 사귀면서 신뢰가 쌓여가니까 차츰 친구처럼 되어갔다.

나는 동아일보 생활 전반을 통틀어 선배들보다는 후배들과 잘 지냈던 것 같다. 내가 선배들을 좋아한 기억보다는 후배들을 좋아하고 같이 어울렸던 기억이 더 많다. 나와 자주 어울렸던 후배 중에는 이기우, 김상영, 최영묵, 허승호 그리고 김화성 씨 등이 있다. 이 중 이기우, 김상영, 김화성 씨는 전주고 선후배 사이인데 동아일보에서는 선후배 서열이 뒤바뀌기도 했다.

입사 2년 후배인 이기우 씨는 나의 입사 동기인 황호택 씨 아주머니의 친오빠이면서 그의 전주고, 고려대, 동아일보 후배다. 황호택 씨가 그의 여동생과 결혼하는 바람에 졸지에 형님이 된 것이다. 황호택 씨가 신혼여행을 갔다 와서 처가에 처음 들렀을 때, '후배'인 이기우 씨에게 반말을 했다가 '형님'에게 반말한다고 처형들에게서 혼이 났다고 한다. 아무튼 두 사람의 관계는 그다지 친밀하지는 않은 듯했지만 나는 그 둘과 개별적으로 친했다.

이기우 씨는 고려대 법대 출신인데 법학도 출신이라는 것이 믿어지지 않을 만큼 감성적인 사람이다. 내가 보기에 그는 김화성 씨와 더불어 동아일보의 대표적인 명필이었다. 특히 문화부에서 문학 담당을 할 때의 그의 글은 그가 소개하고자 하는 작가나 시인들의 작품 그 자체보다 더 독자들을 사로잡았다.

그는 사람을 너무 가렸다. 자기가 좋아하는 사람과는 매우 친밀하게 지냈지만, 싫어하는 사람에게는 너무 싸늘하게 대해 손해를 자초하는 스타일이었다. 하지만 사귀면 사귈수록 심성이 착하고 여린 사람이라는 것이 드러났다.

3년 후배인 김상영 씨는 경제부에서 기자 경력의 대부분을 보냈다. 주어진 미션은 반드시 이루어내어서 상사들이 그에게는 늘 안심하고 일을 맡겼다. 그는 한국외국어대 불어과 출신인데 매우 합리적인 사람이었다. 시사적이거나 정치적인 사안에서 한쪽으로 쏠리는 경우가 없었고 남들과 부딪치는 일도 거의 없었다. 그는 파리 특파원을 지냈는데 역대 파리 특파원 중 가장 멀티형이었다. 문화 분야는 물론이고 국제정치와 국제경제, 새로운 사회현상까지 거의 모든 분야를 완벽하게 커버하는 특파원이었다. 그가 파리 특파원을 할 때 동아일보의 국제면 지면에 읽을거리가 풍성했던 것으로 기억된다. 그는 부부간 금실도 좋아 마치 아주머니에게 정성을 다하기 위해 이 세상에 태어난 사람처럼 느껴질 정도였다. 그는 동아일보에서 경제부장, 경제 담당 부국장, 광고국장을 거쳐 CJ그룹에 스카우트 되어 부사장을 오래 지냈다.

그는 이기우 씨의 전주고 일 년 선배인데 동아일보에 들어올 때는 일 년 늦게 들어오는 바람에 직장 후배가 됐다. 회사 내에서 그 둘은 좀 엉거주춤한 관계였다. 그뿐만 아니다. 김화성 씨와 황호택 씨 역시 전주고 동기 동창인데 김화성 씨가 언론계에도 일 년 늦은 데다 동아일보에도 뒤늦게 합류한 관계로 둘 사이도 매우 애매했다. 나는 이들과 두루두루 친했는데 그들 서로는 자리를 같이하는 것을 가급적 피하는 분위기였다.

4년 후배인 최영묵 씨는 외모와 행동에서 연세대 출신이라는 것을 써 붙여 놓은 듯한 친구다. 매우 서글서글하고 잘 생겼고 키도 크고 체격도 우람하고 성격도 좋아서 남녀 후배들에게 인기가 매우 많았다. 내가 사회부장일 때 차장으로 사건 데스크를 맡고 있었는데 무엇을 주문하든 후배들을 잘 다독거려서 물건을 완벽하게 만들어 내곤 했다.

그는 정치부에서 유능한 기자로 활약하다 김대중 정권과 동아일보가 정면으로 부딪치는 와중에서 사회부로 소속을 옮겼다. 그는 정계, 재계, 법조계 등에서 두루 인맥이 넓었다. 술은 당시 동아일보 내에서 최강자였다. 우리는 세종문화회관 옆의 '봄' 카페에 자주 갔는데 나와 똑같이 마시다가 내가 취하면 콜택시를 불러 직접 차에 태워 먼저 보내고 다시 들어가 위스키 한 병을 더 마시곤 했다. 그다음 날 출근해 보면 그는 늘 흰 와이셔츠에 넥타이를 단정히 매고 자리에 앉아서 그날의 일을 챙기고 있었다. 나는 그의 평창동 집에도 여러 번 갔는데 당시 중학생이었던 그의 둘째 아들과는 친구처럼 지냈다.

그는 동아일보에서 사회부장 사회 담당 부국장 사업국장을 거쳤다. 그리고 기업에 스카우트 되어 GS건설 부사장과 건설공제조합이사장을 지냈다. 그는 지금도 나와 통화를 하거나 만나면 늘 미안해한다.

"무엇이 미안하냐"고 물으면 자주 못 챙겨서 미안하다는 것이다.

허승호 씨는 입사 5년 후배로 내가 사회부장을 할 때 사회부에서 법조 데스크를 담당했다. 부산 출신으로 서울대 경영학과를 졸업한 그는 기자 경력의 많은 부분을 경제부에서 쌓았지만, 사회부 데스크 경력도 습득하기 위해 차장 때 자원해서 사회부에 와 있었다.

그는 일도 똑 부러지게 잘했지만, 후배 기자들도 잘 다루었다. 한 번도 언성을 높이는 법이 없었고 늘 상대를 논리적으로 설득해서 스스로 수긍을 해서 따라오도록 만들었다. 그와 술자리를 같이 하면 지적 유희라는 말의 의미를 실감하게 된다. 그는 무슨 주제를 꺼내든, 예를 들어 '흰꽃엉겅퀴'나 '똥'이라는 단어를 꺼내도 관련된 이야기들을 재미있게 풀어낼 수 있는 친구다. 나와 닮은 점은 아내에게 꼼짝 못 한다는 점이다.

그의 부친은 부산에서 고등학교 교장을 하신 분인데 매우 보수적인 사람인 반면, 그 집안의 장남인 그는 경상도 출신치고는 꽤 진보적인 시각을 가졌고 특히 일부 보수의 탐욕스러움에 대해서는 매우 비판적이다. 하지만 그는 부친에 대해서는 극진한 아들이기도 해서 매일 전화를 해서 안부 인사를 드리는 친구다. 내가 그를 좋아하는 이유 중의 하나이기도 하다.

나의 입사 1년 후배로 한국경제에서 동아일보로 스카우트되어 온 김화성 씨는 같이 전문기자를 하면서 친해졌다. 서로 동병상련 관계였던 처지라 저녁 자리를 가끔 가졌다. 김화성, 허승호 씨는 둘 다 걸어 다니는 백과사전인 것은 일치하는데 김화성 씨는 문학 쪽 사전이고 허승호 씨는 경제, 과학, 철학, 천문학 등 거의 모든 분야를 망라하는 사전이었다.

김화성 씨와 술을 마시면 옛 시인들의 한시와 그분들의 삶에 대한 이야기가 줄줄이 쏟아져 나와 시간 가는 줄 모르게 만들었다. 그는 특히 고매(古梅)에 조예가 깊어 호남 3매, 영남 3매의 위치와 옛 주인, 그 매화에 얽힌 이야기를 자주 들려주었다.

우리는 동아일보 재직 중과 그 이후에도 봄에 매화가 피기 시작하는 무렵에 권순직 선배, 김창희, 허승호 씨 등과 함께 그의 표현대로 남순(南巡)을 하기도 했다. 충청도와 전라도 일대를 며칠씩 돌며 매화를 비롯한 봄꽃들을 구경하고 막걸리에 취하며 남쪽 여행을 한 것이다. 그는 갖가지 꽃과 나무의 특징과 생육 그리고 용도에 대해서도 박식했다. 그는 책을 10여 권이나 저술했다.

전문기자 시절 그와 나는 '전국전문기자연합회'를 결성해 내가 회장이 되고 그는 사무국장을 맡았다. 그 뒤 이 모임은 조직이 더 확대되어 '세계전문기자연맹'으로 발전해서 내가 세계연맹 총재가 되고 그는 사무총장을 맡았다. 비록 회원이 단 둘뿐인 조직이었지만 우리는 매월 월례회도 가지고 일 년에 한 번은 세계연맹 연차 총회도 가졌다. 총회 때에는 여자 화동(花童)이 꼭 참석해서 총재와 사무총장에게 꽃다발(흉내로만)을 전달했는데 화동은 매년 출판국의 김현미 부국장이 맡았다.

내가 지금도 이따금 만나는 후배 중에는 황열헌, 최영범 씨도 있다.

황열헌 씨는 좀 특이한 친구다. 그는 나의 2년 후배인데 서울대 정치학과 출신이지만 시중의 웬만한 건달보다도 주먹이 강해 육탄으로 붙어서는 아무도 그를 못 이긴다. 한편 노래는 성악곡만 부르는데 거의 성악가 수준으로 성량도 풍부하고 매우 미성이기도 하다. 그러니 학교에 다녔을 때는 여학생들이 졸졸 따라다녔을 것이다.

사건기자를 할 때 회사 옆 대평원이라는 맥줏집에서 술을 마시다 화장실에서 내가 그에게 주먹을 날린 적이 있었다. 후배가 선배 앞에서 시건방지게 군다는 이유였다. 한 방을 맞는 그의 얼굴에는 기분 나쁜 표정이 역력했다. 내가 한 방을 더 때리려고 주먹을 들자 그는 나의 팔을 덥석 잡고는 온몸을 부르르 떨었다. "이 자식을 패주고 회사를 그만둘까"라는 생각이 표정에서 드러나고 있었다.

다른 사람이 말려서 그만하고 말았는데 어느 순간부터인가 그와 친해지기 시작했다. 그는 선이 굵었고 남자다운 친구였다. 문제가 생겼을 때 복잡하게 따지기보다는 자기가 다 뒤집어쓰고 마는 스타일이었다. 그는 그 뒤 문화일보로 옮겨가 편집국장을 지내고 현대자동차에서 부사장을 오래 했다. 그리고 국회의장 비서실장을 거쳐 인천공항 시설관리 회사 사장을 지냈다. 그와는 세월이 가면서 점점 더 친해져 가는 관계다. 지금도 술을 마시면서 옛날 화장실에서 있었던 일을 재미 삼아 이야기한다.

내가 "그때 하룻강아지 범 무서운 줄 모르고 덤비다 맞아 죽을 뻔했다"고 하면 그는 "그러게요"라며 맞장구를 치곤 한다.

사건기자를 할 때 내근 당번 차례가 되어 오후에 내근하고 있는데 대학생 한 명이 찾아왔다. 제보나 민원 목적이 아니라 동아일보 기자 공채 시험을 앞두고 직접 기자를 만나 시험 경험담을 듣고 싶어서 왔다고 했다. 이렇게 회사까지 찾아와 경험담을 묻는 친구를 처음 경험했다. 나는 '별 희한한 녀석이 다 있네'라고 생각했지만 그래도 찾아온 적극성과 용기가 가상해서 이것저것 충고를 해주었다. 떨어질 줄 알았는데 그는 뜻밖에 합격해서 후배 기자가 됐다. 바로 4년 후배 최영범 씨다.

그는 성균관대 법대 출신으로 내가 사건팀장을 할 때 가장 좋아했던 후배다. 타고난 친화력과 적극성과 솔선수범으로 윗사람이 좋아하지 않을 수 없게 만드는 친구였다. 진지한 표정으로 고단수의 농담을 잘해 늘 분위기를 부드럽게 만들었다. 그가 SBS 방송으로부터 스카우트 제의를 받고 나에게 상의했을 때 나는 "뒤도 돌아보지 말고 가라"고 그를 떠밀었다.

그는 사실 신문 체질이기보다는 방송에 맞는 사람이었다. 그는 그 뒤 SBS에서 보도본부장과 경영본부장을 하고 퇴사했다. 그 뒤 모 재벌 기업에서 부사장을 하다 윤석열 정권 출범과 함께 대통령 홍보수석으로 발탁됐다. 내가 그를 좋아했던 것과 똑같이 그는 모든 사람들로부터 능력과 성품을 인정 받았던 것이다. 그는 지금은 홍보수석을 그만두고 당분간 쉬고 있다. 아마도 세상이 그의 실력을 내버려 두지는 않을 것이다.

나는 이들 후배와 같이 근무할 때는 물론이고 세월이 한참 지난 지금까지도 친교를 유지하고 있다. 그들은 하나같이 '한' 술 하는 사람들이었고 화제가 풍부해 늘 시간 가는 줄 몰랐다.

나는 2003년 8월에 사회부장 직을 맡고 있으면서 부국장 대우로 승급했고 2004년 가을에 사회부장 직을 떠나 사회담당 부국장이 됐다.

| ES 리조트 |

2003년 4월경 너무 일에 시달리고 지쳐서 며칠 휴가를 떠나기로 했다. 그래서 지방 주재 기자들에게 마땅한 휴양지를 추천해달라고 부탁했다. 조용하고 한적하고 편리하고 경치가 좋아야 한다는 조건을 달았다. 그때 충북도 담당 기자가 제천에 있는 ES 리조트를 추천했다. 회원만 받아주는 리조트인데 동아일보 사회부장이라며 겨우 숙박 허가를 받아냈다는 것이다.

호기심이 생겼다. 아내와 둘이 차를 몰고 오후 2시경에 리조트에 도착했다. 과연 그동안 많이 보아왔던 기존의 리조트와는 완전히 달랐다.

모든 숙소가 2층 이내의 단독형으로 되어있고 지붕과 베란다 등도 원래 있던 소나무를 훼손하지 않고 지어 소나무가 베란다를 뚫고 자라고 있었고 바위가 베란다 쪽으로 들어와 있는 곳도 있었다. 단지 내의 보행로는 하나같이 꼬불꼬불하고 조명은 땅바닥에 붙어 있었다. 숙소에 짐을 풀고 한두 시간 동안 리조트 내부와 외곽 산책로를 둘러봤다. 그리고 아내에게 불쑥 말했다.

"내가 지금까지 한 번도 여자 문제로 속을 썩인 일이 없지 않으냐?"

아내가 웬 뜬금없는 소리냐는 표정으로 쳐다봤다.

"지금까지 도박으로 속을 썩인 적도 없고 가정에 소홀히 한 적도 없다. 그러니 이 리조트 회원권 정도는 가질 자격이 있다고 생각한다."

당시 그 리조트의 회원권은 25평형이 2,100만 원, 35평형은 3,500만 원 정도 했다. 아내가 열심히 머리를 굴리더니 처제네와 반반씩 부담해서 공동으로 하자고 했다. 오피스에 알아보니 자매가 공동 소유를 할 수 있는 방법은 딱 하나였다.

장인어른이 정회원으로 회원권을 구입하는 것으로 서류를 만들면 자식인 두 딸은 준회원이 될 수 있다는 것이다. 그러면 사위들은 회원이 될 수 없지만, 아내나 처제가 예약하면 우리 가족이나 처제 가족이 이 리조트를 이용할 수는 있게 된다. 그래서 두 집이 돈을 반반씩 부담해서 25평형 회원권을 샀다.

ES 리조트 회원권 구입은 아주 잘한 일 중의 하나였다고 생각한다. 그 뒤 내가 어려움에 처했을 때 이 리조트는 나에게 큰 위로와 재충전의 장소가 됐다. 리조트에 가지 않더라도 가 있는 상상만 해도 우울한 기분이 나아지는 듯했다.

회원권을 산 뒤에 도대체 어떤 사람이 이런 리조트를 만들었는지 궁금해서 알아보니 경북대 출신인 이종용 씨라고 했다. 경북대 출신의 마당발로 내 입학 동기이기도 했던 박영숙 호주대사관 공보실장에게 그 양반에게 내가 좀 만났으면 한다고 전해라고 했다.

박 실장이 이 사장에게 전화해서 동아일보 운운하니 아예 상대도 않고 전화를 끊으려고 한 모양이다. 그래서 박 실장이 자신을 호주대사관 공보실장이라고 소개하니 그제야 관심을 보이더라는 것이다. 이 사장은 그때 호주나 피지 등에 리조트를 개발하는 것에도 관심이 많았던 것이다.

박 실장의 주선으로 이 사장을 회사 옆 송전 일식집 방에서 처음으로 만났다. 문리대 사회학과 출신으로 나보다 11년이나 선배였다. 첫인상은 못생겼고 앙살이 철철 넘쳐나는 듯한 영감이었다. 그때 나는 내 캐비닛에 있던 발렌타인 30년짜리 한 병을 들고 나갔다. 그리고 술이 몇 순배 돌았다. 의례적인 인사를 나누고 리조트를 칭찬하는 말을 했는데 이 양반은 반응이 영 시큰둥했다. 한동안 대화가 헛바퀴를 도는 듯했다. 내가 문득 말했다.

"살다가 무척 피곤할 때나 스트레스를 많이 받았을 때는 어떻게 푸세요?"

'웬 뜬금없는 소리냐'는 표정이 돌아왔다. 내가 말했다.

"저는 그때마다 지도를 꺼내 보지요. 제 책상 위 책꽂이에는 늘 세계 지도와 국내 지도가 꽂혀 있는데 피로할 때마다 지도책을 꺼내 아무 페이지나 열면 곧바로 그 속으로 빨려 들어가 버리지요.

그때부터는 설악산 등산길을 혼자 걷기도 하고, 미국 고속도로를 달리기도 하고….”

◆ 이종용 사장

　내가 말하고 있는데 그 양반의 얼굴에 급격한 표정 변화가 일어났다. 놀라움과 신기함의 표정이었다. 자기가 바로 그렇다는 것이다. 그리고 그러한 자기의 비법을 꼭 집어 말한 사람은 처음 만난다는 것이다. 그때부터 우리의 이야기는 일사천리로 흘러갔고 우리는 무척 친한 사이가 되었다.

　그는 나의 아내와 처제도 좋아해서 제천 ES 리조트에 가면 같이 이야기를 나누고 주변을 돌아다니는 것을 즐겼다. 나는 이 사장뿐만 아니라 그 가족과도 친해졌다. 이 사장은 부인과 딸 둘, 아들 하나가 있는데 다들 착하고 마음이 따뜻한 사람들이다. 하지만 영감이 하도 괴팍하고 고집스러워서 가족들은 아빠에게 불만이 많았다.

한번은 큰 딸인 이지원 씨가 영국으로 도망간 적이 있었다. 대학을 졸업하고 아빠 회사에서 직원으로 근무하고 있다가 아빠가 너무 독재를 하니까 못 견디고 영국으로 유학을 떠난 것이다. 영국에서는 현지 대학원에 진학하기 전에 6개월 정도의 어학연수 과정에 등록해 수강 중이었다. 아빠가 돌아오라고 달래기도 하고 나무라기도 했는데 딸은 요지부동이었고 엄마도 은근히 딸을 지원하고 있었다.

어느 날 리조트의 가든에서 같이 술을 마시다가 영감이 나에게 부탁했다. 국제전화로 딸에게 전화해서 바꾸어 줄 테니 달래보라는 것이었다. 내가 지원 씨에게 말했다.

"너거 아부지가 술만 먹으면 너 보고 싶다고 징징 짜고 있는데 차마 맨정신으로는 못 보겠다. 잘못하면 영감 돌아가시겠다. 너 혼자만 생각하지 말고 영감도 좀 생각해라."

지원 씨는 며칠을 고민하다가 보따리를 싸서 귀국했다. 지원 씨는 그 뒤 나만 보면 나 때문에 자기 인생 망쳤다고 말하곤 했다. 지원 씨는 지금 ES 리조트 그룹의 대표로 활약 중인데 일 때문에 아직 결혼도 못 하고 있다.

이종용 사장은 제천 ES뿐만 아니라 통영, 제주도에도 ES 리조트를 건설했다. 그리고 멀리 네팔의 히말라야산맥에도 땅을 사서 리조트를 지어놓았다. ES 데우랄리 리조트다. 이 리조트는 히말라야 산악군 중에서 가장 아름답다는 해발 7,000m의 마차푸차레를 정면으로 마주 보고 있는 1,500m 높이의 산꼭대기에 지었는데 숙소 베란다에서 히말라야 산악군을 쳐다보면 감탄을 넘어서 경이감까지 드는 정도다.

◆ ES 데우랄리 리조트에서 마차푸차레 봉을 배경으로 관리인과 함께

나는 전문기자 시절에 네팔에 은퇴 생활 취재를 가면서 이곳을 방문했는데 내가 느낀 감정은 감동 그 자체였다. 그는 이 리조트를 건설하면서 부지 매입에서부터 전체 레이아웃 설계와 자재 선

택 그리고 아랫동네 사람들을 인부로 동원하는 것까지 모두 직접 지휘했다는 것이다.

자신의 삶과 미래에 대해 이야기할 때 그의 눈은 열정에 불타는 청년 같아 보였다. 무언가를 강조할 때 그의 입술은 비뚤어지고 눈썹은 곤충처럼 꿈틀거렸다. 그러나 전체적으로는 바짝 마르고 가무잡잡해 마치 시골 나무꾼 같은 느낌을 주는 사람이었다.

도대체 그 못생기고 괴팍한 영감의 어디에서 이런 예술적 상상력과 열정이 솟아나는지 참 알다가도 모를 일이었다. 이 사장은 2022년 세상을 떠났다.

| 전문기자 |

2005년 4월 회사 내에서 기자들의 집단 저항 사건이 일어났다. 당시 편집국장에 대한 반대와 저항운동이었다. 처음에는 소규모의 불만 움직임이었으나 국장이 강경 대응하고 주동자들을 인사 조치하려고 하자 저항의 움직임이 점차 확산되기 시작했다.

당시 국장은 회사 운영과 신문 편집 방향에 대해 젊은 기자들이 가진 불만의 심각성을 잘 모르고 있었다. 동료들에게 신뢰와 지지를 받고 있던 젊고 진보적인 친구들이 주동하다시피 하자, 저변에 깔려있던 불만이 들불 번지듯이 퍼져나간 것이다.

당황한 국장은 부국장들에게 개별 접촉을 통한 무마와 진화를 부탁했으나 다른 사람들은 그때 벌써 사태 수습이 어렵다는 것을 알고 이 일에서 거리를 두는 분위기였다. 나는 내가 할 수 있는 노력을 다했다. 주동 역할을 하는 남녀 후배 중 평소 나와 사이가 좋았던 친구들을 찾아다니며 부탁도 하고 설득도 했다.

하지만 그들은 나에게는 '알겠다, 고려해 보겠다'고 해놓고 오히려 더욱 조직적으로 저항 움직임을 확산시켜 나갔다. 그 사이 기자들 사이에서는 부국장 중 내가 국장의 최측근이며 끝까지 이 사태를 무마하려고 다닌다는 인식이 퍼졌다. 하지만 평소에 나는 당시 6명이었던 부국장 중 국장의 최측근에 끼지 못했다.

　그 당시 사주는 편집국 반란사태를 지켜보고 있다가 더 이상 무마가 안 되고 방관할 수도 없다는 판단이 서자 전격적인 인사를 단행했다. 당시 국장에서 무려 8년이나 후배이자 나보다도 3년 후배에게 편집국장을 맡긴 것이다. 신임 편집국장은 곧바로 부국장 인사를 단행하여 같이 근무하던 부국장들을 전원 교체하고 기수가 비슷한 인물들로 새로 부국장단을 구성했다.

　5월 초 신임 국장이 나를 불렀다. 내일 아침에 논설위원으로 발령이 나니 논설실로 미리 가서 인사를 나누라는 것이었다. 인사안은 당시 김학준 사장을 비롯한 회사 간부들 사이에서 결정된 것으로 나는 논설실에 가서 구성원들과 인사를 나누고 퇴근했다.

　다음 날 아침에 출근하니 국장이 다시 불렀다. 논설위원실로 가는 인사를 취소하고 대신 차장이 팀장으로 있는 심의팀의 팀원으로 가라는 것이다. 내가 '누구의 결정이냐'고 묻자, 그는 전적으로 자신이 내린 결정이라고 말했다.

　밤새 사주께서 인사안을 뒤엎은 것이다. '이 친구는 이번 편집국 반란 사태를 유발한 편집국장의 최측근으로 지목된 인물이기 때문에 가시적인 불이익을 주어야 한다'는 지시를 했던 모양이다.

우여곡절 끝에 전문기자 발령을 받았다. 내 인생에서 다섯 번째의 쪽박이 깨어지는 순간이었다.

　무엇을 '전문'으로 할 것인지도 정해지지 않았다. 본인이 스스로 고민해보고 알아서 정하되, 후배 기자들이 이미 커버하고 있는 영역과 중복되는 것은 피하라는 정도의 지침이 있었다. 마땅히 줄 만한 보직이 없으니 새로운 분야를 개척해서 지면에 기여하면 살아남을 수 있을 것이고, 그렇지 않으면 도태될 수밖에 없을 것이라는 무언의 사인이라고 받아들였다.

　말할 수 없을 만큼 자존심이 상했지만 회사를 그만둘 수는 없었다. 그때 아름이와 보람이는 대학생이고 훈이는 고등학교 2학년이었다. 내 집은 없어 일산 대화동에 전세를 살고 있었고 마음과 가계는 얼어붙어 있었다.

　몇몇 후배들이 메일을 보내왔다. 실버 전문기자를 하라는 것이었다. 이들의 조언은 이랬다. "사회 분야에서 부국장을 거친 사람이 선택할 수 있는 전문 영역으로 인터뷰, 환경, 노동, 교육 등이 있으나 그 어느 것도 새로운 분야가 아니며 배타적인 영역도 아니기 때문에 선배가 새롭게 개척할 수 있는 분야로는 실버가 가장 적절하다"는 것이었다.

　당시 고령화 사회 문제는 정책적, 학술적으로는 관심이 생기기 시작했지만, 언론에서는 여전히 부수적인 이슈로 되어 있었다. 실버 전문기자를 하기로 했다. 소속은 교육생활부로 정해졌다. 다행히 그 부의 부장이나 차장이 모두 나와 좋은 관계를 유지해 온 후배들이었다.

내가 실버 전문기자로서 처음으로 쓴 기사는 시니어클럽이라는 노인 일자리 사업체에서 택배 일을 하는 한 노인을 하루 종일 따라다니며 밀착취재한 것이었다. 그런데 이런 유형의 취재는 사건기자 1년 차만 돼도 자신이 하지 않고 수습기자에게 시키는 일이었다. 말이 실버 전문기자이지 영락없이 수습기자의 역할이었다. 그 나이에 그러한 취재를 해야 하는 스스로가 창피했다. 아무리 태연하려고 해도 마음이 위축되어 있으니, 취재하면서도 자꾸만 어색해졌다.

취재 현장에서의 쭈뼛거림은 한동안 계속됐다. 그리고 매일 아침 출근할 때마다 오늘은 어디에서 무엇을 해야 하나가 걱정거리였다. 아침마다 아내는 현관에서 나를 배웅하면서 뒤에서 십자가 성호를 그어주었다. 특정 출입처가 있을 수 없는 나는 후배들의 출입처인 보건복지부나 국민연금, 건강보험공단 등의 기자실을 드나들 수도 없었다.

한두 번 후배들의 기자실을 들어가 봤다가 스스로를 위해서나 후배들을 위해서나 계속 드나들어서는 안 되겠다는 생각을 했다. 그래서 그러한 기관에 취재할 일이 있어도 해당 사무실이나 접견실에서 담당자만 만나고 돌아서야 했다. 특별한 취잿거리를 찾지 못할 때는 아침부터 회사에 나가 있었지만, 회사에서 앉아 있는 것도 눈치가 보였다.

그 당시 나는 가족을 먹여 살리고 가정을 이끌어 나가기 위해서는 불법이 아니라면 무슨 일이든 할 각오가 되어있었다. 때밀이든 구두닦이든 청소부든 왜 못하겠는가. 자존심? 그때의 나는 자존심을 인간이 가질 수 있는 가장 큰 사치라고 생각했다.

전문기자로서의 나의 초기 실패 원인은 실버라는 영역을 보지 못하고 노인에게만 접근한 탓이었다. 사실 특정 노인 개개인을 취재하는 것은 굳이 전문기자가 아니라도 초년병 사건기자 정도가 충분히 할 수 있는 일이었다. 수개월 동안 노인 문제에 대한 많은 책과 자료를 섭력하고 퇴직한 사람들을 만나 그들의 고민과 희망을 들었다.

그리고 중장년들이 가지는 가장 피부에 와닿는 고민은 은퇴 후의 삶이라는 것을 알게 됐다. 생활이 어려운 노인뿐만 아니라 연금이나 월세 소득 등으로 생활이 비교적 보장된 노인층도 은퇴 후의 삶에 대해 다양한 고민을 갖고 있었다. 이때부터 나의 취재 영역이 노인 개개인에서 중장년층의 은퇴 후 관심사로 확장됐다.

하루는 한국은퇴자협회 주명룡 회장을 만나 이야기를 나누던 중 주한 필리핀대사관에서 은퇴자협회에 공문을 보내 한국의 은퇴자를 적극적으로 유치하겠다는 의사를 밝혀왔다는 것을 알게 됐다. 한국에서 안정적인 노후 수입이 있는 사람들이 필리핀에서 은퇴 생활을 할 경우 적극적인 편의 제공과 함께 영주권에 버금가는 장기체류비자를 제공한다는 내용이었다. 내친김에 태국과 말레이시아 대사관에도 접촉을 해보니 유사한 프로그램이 있었다. 이들 국가는 일본, 한국, 미국, 유럽 등지의 은퇴자들을 대상으로 자국에서는 꿈도 꾸지 못할 상류 생활을 할 수 있다는 마케팅을 하고 있었다.

이 기사는 1면에 크게 보도됐다. 그리고 그 반향은 내가 그때까지 터트렸던 그 어떤 특종보다 컸다. 하루 종일 전화벨이 울렸고, 많은 은퇴자들이 보다 상세한 정보를 알기를 원했다. 독자들에게 등이 떠밀린 형국으로 필리핀, 태국, 네팔, 말레이시아, 피지 등 5개국 취재에 나섰다. 모 출판사에서는 취재 내용을 책으로 내자고 제의해왔다.

이 해외 은퇴 시리즈는 5회에 걸쳐 1개 면씩을 배정하여 연재됐고 뒤이어 『한 달에 200만 원으로 귀족으로 사는 법』이라는 제목의 책이 나왔다. 이 책은 1쇄 3,000부가 다 팔려서 2쇄까지 찍었다. 실버 전문기자로, 동남아 해외 은퇴 생활 분야를 처음 개척한 기자로 알려지면서 KBS와 SBS TV 프로그램 등에 대담자로 출연하기도 했다.

◆ 해외 은퇴 생활 취재 여행

　그다음부터는 모든 게 순조로웠다. 스스로의 취재에 당당하고 자신감이 생기자 취재원들도 나의 분위기에 쉽게 동화되는 모습이었다. 실버 전문기자를 하면서 특히 좋았던 것은 내가 취재하는 내용이 남의 이야기가 아니라 바로 나 자신의 관심사이기도 했다는 점이다.

　나의 실버 전문기자 생활은 '시작은 비참했으나 나중은 괜찮은' 것이었다. 실버 전문기자를 시작한 지 1년 반 만에 '정동우 사회복지 전문기자의 50+'이라는 문패를 단 고정 면을 배정받아 내가 대학으로 자리를 옮길 때까지 운용했다.

　내가 전문기자로 일하는 동안 아내는 결혼 생활 전체를 통해 가장 힘들었을 것이다. 아이들은 모두 대학생으로 교육비는 많이 들지만, 남편의 월급은 오히려 대폭 줄었기 때문이다. 직책 수당과 시간 외 수당이 동시에 없어진 탓이다. 그뿐이랴. 남편의 직장 역시 겨우 목이 붙어 있는 상태이고 팔고 난 집값은 천정부지로 치솟지, 무엇 하나 제대로 잘 굴러가는 게 없고 재미있는 일도 없었을 것이다.

이 시기에 아내가 얼마나 악착같았는가는 화장실 물 내리기가 보여준다. 아내는 소변을 본 후 물을 내리지 못하게 했다. 소변을 두세 번 보고 난 뒤 물을 한꺼번에 내리라는 것이다. 사실 변기에 물 내리는 것을 아껴서 무슨 도움이 되겠느냐만 나는 그것을 일종의 결의와 상징으로 받아들였다. 나는 아내가 그 기간 잘 버텨주었고 애들과 가정을 잘 건사해 준 것이 무엇보다 고맙다.

부국장에서 논설위원으로 가려다 밤사이에 판이 깨어지고 전문기자가 된 것을 나는 정말 운명의 작용이라 생각한다. 그때 논설위원이 되었으면 그 당시의 정년인 58세까지 동아일보에서 근무하다 이른 나이에 직장에서 나와야 했을 것이다. 그리고 쥐꼬리같은 국민연금을 받으며 신산스러운 노후를 보내야 했을 것이다. 하지만 운명이 그 당시 사주에게 작용하여 나에게 기회를 주었다. 그냥 무난하고 대외적으로 체면은 세울 수 있지만 미래는 별로인 그 인사를 뒤틀어 버리도록 해서.

전문기자로 근무하는 동안 좋았던 것은 내 시간이 보장되어 있다는 것이었다. 실무 데스크가 아니기 때문에 편집 회의에 참석할

필요가 없고, 낮시간의 부서 데스크와 야간의 야간 국장 당번에도
제외되어 있었다. 나의 업무 영역은 아무리 열심히 일하고 기사를
많이 쓴다고 하더라도 지면이 더 이상 배정될 수 없었다. 그래서
일에 쏟을 수 있는 나의 시간과 열정도 한정되어 있었다.

나는 그 남아도는 시간을 선후배들과 술을 마시며 보내지는 않
았다. 전문기자를 하는 동안 사회2부장 때 한 학기만 다니고 휴학
했던 한국외국어대학 박사과정을 다시 다녔다. 취재를 해야하는
시간 외에는 대학에 가서 공부했다. 박사학위 논문을 준비하고 학
술지에 투고할 논문을 쓰는 데 많은 시간을 사용했다. 그 기간 나
는 편집국에서 늘 외톨이였지만 나름대로 행복했었다.

2006년 4월 중순경 어느 날 이광표 동아일보 노동조합위원장
(현 서원대 교수)이 나에게 전화를 걸어왔다. 상의할 것이 있다는 것
이었다. 이 위원장이 찾아와 한 말은 난데없이 기자협회 축구대회
동아일보팀 감독을 맡아달라는 것이었다.

이게 무슨 생뚱맞은 소리인가 했다. 나는 평생 동네 축구와 학
교 체육 시간 축구를 포함해 단 한 번도 선수로 뛰어온 경력이 없
었던 것은 물론이고, 2002년 월드컵이 있기 전까지만 해도 축구
를 발로 하는 것인지 두 손으로 하는 것인지를 몰랐던 사람이다.

지난해까지는 오명철 감독이 맡았으나 이제 편집국 부국장으로
시간을 내기가 도저히 어려우니 나에게 맡으라는 것이었다. 그때
내가 꺼낸 카드가 김화성, 김동철 전문기자였다. 김화성 부장은

축구 전문기자이니 더할 나위 없고 김동철 부장도 옛날에 똥 볼은 몇 번 찼을 것이니 나보다는 백 번 낫다는 이유에서였다.

그런데 이 위원장은 다들 내가 맡는 게 좋겠다고 그랬다며(실제로는 자기 혼자만의 생각일 가능성이 매우 크지만) 막무가내로 맡으라는 것이었다. 가만히 생각해보니 무언가 깜냥이 있는 것 같았다. 이어 다음과 같은 문답이 오갔다.

"너 나한테 무엇인가 기대하는 것이 있지?"

"(특유의 우물쭈물하는 더듬수를 보이며) 뭐 그런 거 없어요."

"그러면 왜 '축구'의 '축'자도 모르는 나보고 굳이 맡으라는 거야?"

"감독이 축구를 하나요. 선수 동원만 잘하면 되지."

바로 그것이었다. 적절한 선수들을 차출하고 차출된 선수들이 아침, 저녁 연습에 잘 나올 수 있도록 각부 부장들을 상대로 로비하는데 내가 가장 적합하다고 판단한 것이었다. 결국, 노조가 나에게서 기대하는 감독으로서의 소임은 작전이나 전략 같은 것과는 상관없이 선수 동원역이었던 것이다. 그래서 나는 졸지에 동아일보 축구팀 감독을 맡게 됐다(동아일보 노동조합 회보인 「동고동락」 2006년 4월 27일 자를 바탕으로).

그해 파주의 축구 국가대표 트레이닝센터에서 전국의 39개 언론사 팀이 참가해 열렸던 기자협회 축구대회에서 동아일보 축구팀은 대망의 4강까지 진출했다. 그전 해까지는 1, 2회전에서 탈락했던 것과 비교할 때 매우 혁혁한 성과였다.

◆ 2006년 기자협회 축구대회 동아일보팀 감독을
맡았을 때 회사 노보에 실린 캐리커처

◆ 기협 축구 선수 동원책들. 왼쪽부터 정동우, 최영묵, 정용관, 김상영, 김동철 씨

◆ 축구대회 4강 달성 뒤풀이

2007년 1월 한국외국어대학에서 언론학박사 학위를 받았다. 나의 학위 논문 제목은 「뉴스조직 통합이 뉴스의 양식, 취재 행위 및 경영에 미치는 영향」이었다. 그 당시는 오프라인 뉴스룸과 온라인 뉴스룸의 통합이 전 세계 언론사들의 관심사였다. 뉴욕타임스는 이미 종이 신문 편집국과 온라인 신문 편집국을 통합해서 운영하는 실험을 하고 있었다.

국내 신문사들은 두 개의 뉴스룸이 서로 나뉘어 있었지만, 통합 또는 공동 운영의 필요성이 제기되던 때였다. 나는 그때 국내 처음으로 통합 운영을 시도했던 CBS 방송을 대상으로 하여 이 방송 기자들과 간부들을 인터뷰하고 설문을 돌리고 분석해서 그 결과를 내놓았다. 논문 주제가 매우 시의적절했던 셈이다. 상당한 주목을 받았고 여러 매체와 언론 관련 전문지에 소개되기도 했다.

나의 논문은 인용도 많이 됐다. 주제가 언론계의 미래 방향에 관한 것이어서 그러한 주제로 석박사 논문을 쓰는 사람들은 나의 논문을 참고하지 않을 수가 없었다. 나의 연구실에 찾아와 박사학위 논문을 쓰면서 내 논문을 베끼다시피 했다고 미리 자진신고를 한 타 언론사의 후배도 있었다.

2007년 12월 아버지가 돌아가셨다. 아버지는 그해 6월 국립암센터에서 식도암 수술을 받는데 5개월여 만에 재발하여 창원의 한 병원에서 입원 중이었다. 음식물 섭취가 불가능하여 영양제와 항생제 등으로 연명하고 계셨다. 6일 아버지가 자식들을 찾는다는 연락을 받고 다들 서둘러 달려갔다.

아버지는 "이제 얼마 못 갈 것 같으니 품위를 지키며 죽고 싶다"고 말했다. 링거와 항생제 등 몇 개의 라인을 꽂고 있었는데 이런 상태로 좀 더 연명하고 싶지는 않으니 연명 주사 제거에 자식들이 동의해 달라는 말씀이었다.

모여서 의논한 결과 그렇게 하기로 했다. 약이 떨어지는 대로 하나씩 주삿바늘을 철거하여 마지막 떨어진 것이 금요일 새벽 2시경이었고 이후 하루 반만인 12월 8일 토요일 저녁 7시경에 임종하셨다.

임종 하루 전 의식이 또렷했을 때 마지막 작별의 말을 나누었다.

"사랑합니다, 안녕히 편안하게 가십시오."라고 자식들이 말했고 "고맙다, 행복했다."라는 대답이 있었다.

1926년생, 당시 82세. 여섯 살에 일본으로 건너가 소학교와 중학교에 다니고 대학 예과에 입학했다가 태평양전쟁이 한창일 무렵 귀국하였고 이후 교장 25년을 포함하여 45년을 초등학교 교직에 종사한 후 은퇴하셨다.

평소에 농담을 좋아하셨다. 운명하기 이틀 전 한마디 하셨다.

"이승을 하직하는 기념으로 술을 한잔해야 하는데, 나 대신에 너희들끼리 한잔해라."

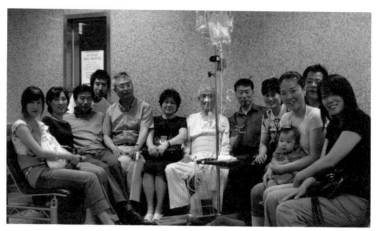

◆ 아버지가 국립암센터에서 투병 중일 때 찍은 가족사진(아버지 왼쪽이 형님 부부이고 오른쪽이 동생 부부와 조카들이다. 우리 부부와 아이들은 맨 왼쪽)

◆ 정년퇴직 무렵의 아버지 사진

일곱 번의 좌절

아버지는 1991년에 정년퇴직하셨고 퇴직 후에는 창원향교 등에 나갔고 향토사학자로 활동하셨다. 평소에 역사와 유교문화에 상당한 조예가 있었고 국사 일본사 영국사에 특히 밝았다. 80세가 될 때까지도 집에 내려가면 늘 책을 읽고 있거나 보던 책이 책상 위에 업혀 있었다.

나는 아버지를 참 좋아하는 아들이었다. 우리 집의 아들 세 명 모두가 아버지를 좋아하고 따랐지만 나는 특히 그랬다. 수많은 해외 출장 여행에서 내가 가장 선물을 많이 챙긴 대상은 아내였고 그다음은 아버지였다. 출장을 갈 때마다 아버지에게 드릴 좋은 술을 샀고 아버지가 좋아할 만한 물건들을 선물했다. 남미에 갔을 때는 장수하늘소와 피라냐 박제를 사드렸고 영국 카디프에 갔을 때는 영국 할아버지들이 좋아하는 오리 머리 지팡이를 사서 갖다 바치기도 했다.

아버지가 젊었을 때 나는 같이 대작도 많이 했다. 대학생이 된 뒤 처음으로 집에 내려갔을 때는 밤새 막걸리로 통음을 하기도 했다. 그 당시에는 시골 초등학교에 '소사'라는 이름의 학교 일꾼이 있었다. 아버지는 내가 내려가는 날이면 소사를 시켜 막걸리 한 말을 사서 준비해 두고 있었다. 아버지와 나는 단둘이 앉아서 밤새 막걸리를 마셨다.

그때 아버지는 일본에서 중학교 다닐 때 이야기와 그때의 동창들을 뒤에 만났을 때 이야기를 많이 하셨다. 아버지의 이야기에는 친일이나 반일 같은 의미는 전혀 없었다. 그냥 아들과 술을 마시며 옛날 젊었을 때의 추억에 젖어 드는 것 자체를 좋아하는 듯했다.

나는 아버지가 평소에는 이성적이지만 실상은 매우 감성적인 사람인 것을 진작부터 눈치채고 있었다. 아버지가 돌아가신 뒤 나는 혼자 술을 마시면서 자주 목이 메인다. '그 영감쟁이가 살아계실 때 왜 좀 더 많은 시간을 같이 보내지 못했던가'라는 후회 때문이다.

1990년대 중반에 내 나이 40대 초반일 때 아버지가 아들 세 명에게 자(字)와 호(號)를 지어주신 적이 있다. 나에게 지어주신 자는 현인(어질 賢, 어질 仁)이고 호는 회이(그믐 晦, 곱고 아름다울 爾)였다.

나는 당시에 자와 호에 대해서는 전혀 관심이 없이 그 뜻과 작명 이유를 묻지도 않고 아버지가 주신 메모지를 책갈피 속에 넣어두고 잊어버리고 말았다. 최근에 그 메모지를 발견했는데 그때 여쭈어보지 않았던 것을 매우 후회하고 있다.

| 유년과 고교시절 |

나는 1953년 4월 경남 신방국민학교 교원 사택에서 태어났다. 당시 아버지는 이 학교 교사로 재직하고 있었다. 우리 집안은 진양 정(晉陽 鄭) 씨 지후공(祗候公) 파이고 나는 3남 3녀 6남매 중 셋째로 위로 형님과 누나가 있고 아래로 여동생 두 명과 막내인 남동생이 있다.

아버지는 무녀독남으로 할아버지가 고베의 미쓰비시 중공업에 노무자로 일하러 가게되자 할머니와 함께 따라갔다. 해방 전 일본에서 당시 일본 내에서도 많지 않았던 구제 중학교(효고현 산다중학)를 졸업하고 명치대학교 예과에 입학했으나 태평양전쟁 말기로 가미카제로 끌려갈 처지가 되자 조부모님이 귀국을 서둘러 일본육군 항공본부 군속으로 대구비행장에 배속된 것으로 들었다.

◆ 일본에서 중학교 다니던 때의 아버지　　◆ 부모님의 결혼식

　　하지만 곧바로 해방되고 조부모님이 정해준 규수인 어머니와 결혼하게 되자 취직을 서둘렀던 모양이다. 학벌로 봐서는 당시로 선 드물다고 할 정도였으나 고향인 경남 창원군에서 당장 취직할 수 있는 직장이 창원군 상남면 소재지에 있었던 상남소학교 뿐이 어서 이 학교에서 교원 생활을 시작하셨다. 아버지는 남들에게 폐 끼치는 것을 매우 싫어하셨고 매사에 합리적으로 사고하고 행동 하셨고 무리한 일은 가급적 피하려고 했다.

　　반면 어머니는 적극적이며 추진력이 강했다. 필요하다고 생각 되면 체면과 위신도 무시했다. 가난한 교원이었던 아버지 월급으 로 육 남매를 먹이고 공부시키기가 어려워지자 직접 보따리 옷 장

일곱 번의 좌절

수로 나서서 시골 장터에서 옷을 파시기도 했다.

그 당시 아버지는 지귀국교, 중리국교, 신방국교, 성주국교 등 여러 학교를 돌며 재직하셨고 조부모님은 창원군 상남면 지귀리 신촌마을에서 농사를 짓고 살았다. 그래서 우리 형제들은 초등학교에 입학하기 전까지는 조부모님 댁에서 살고 초등학교 입학할 나이에 되어서야 비로소 부모님과 함께 살 수 있었다.

지귀리 신촌마을은 뒤에는 봉림산 줄기인 작은 산이 있고 마을 앞에는 정병산 밑 용동에서 흘러 내려오는 제법 큰 개천과 들판이 펼쳐져 있는 전형적인 시골 마을이었다. 내가 어릴 때, 네 살 많은 형은 이미 부모님에게 가버린 탓으로 누나와 함께 산과 들 동네 이웃집으로 돌아다닌 기억이 가물가물하게 남아있다.

◆ 지귀리 신촌마을의 집

그 당시 외갓집은 '무적해병'이라는 큰 글자가 산허리에 크게 만들어져 있었던 정병산 밑의 용동리 신리마을에 있었다. 외갓집은 많은 논밭과 앞산과 뒷산에는 과수원이 있고 정미소를 운영했으며 집에는 안마당과 바깥마당이 있었고 머슴도 여러 명 있었던 꽤 부잣집이었다.

외갓집에서 상남면 소재지로 가는 길은 신작로가 잘 조성돼 있었고 도중에 해병대 신병훈련소가 있었다. 내가 살던 지귀리 신촌에서 외갓집이 있던 신리 사이에는 봉림동과 퇴촌 마을 등이 있었는데 창원 신도시가 조성되면서 흔적도 없이 사라져 버렸다. 외갓집 뒷산과 해병대 신병훈련소가 있었던 곳이 지금의 경남도청 자리다.

초등학교는 아버지가 교감으로 재직하던 성주국민학교에서 시작했는데 2학년 초에 아버지의 전근에 따라 중리국민학교로 전학을 갔다. 내가 3학년에 올라갔을 때 부모님은 자식들을 더 이상 전학 다니게 할 수 없다는 판단에 따라 신촌에 있는 전답을 일부 팔아 마산시 상남동의 북마산파출소와 제비산 사이에 30평 크기의 단독 주택을 마련해 전 가족이 마산으로 옮겨갔다.

나는 당시 경남에서 가장 큰 초등학교인 성호국민학교에 전학 갔다. 당시 성호는 1, 2학년은 2부제 수업을 했다.

처음 성호에 전학 갔을 때 상급생에게 존댓말을 했다가 놀림을 당한 일이 아직도 기억에 남아있다. 교과서에는 '상급생 언니'들에게 존댓말을 하는 것으로 되어있어 나는 '도시에서는 상급생에게 존댓말을 하나 보다'라고 생각하여 말을 높였는데 상대는 그러는 내가 무척 어리석게 보였던 모양이었다.

그 당시 학교에 가면 일주일에 하루는 수업을 시작하기 전에 담임인 여선생님이 교무실에서 하얀 가루가 가득 담긴 버킷을 들고 와 앞자리에 앉은 학생부터 차례로 나오게 해서 직접 손으로 한 움큼씩 집어 아이들 상의 안에 손을 집어넣어 앞뒤에 골고루 뿌려 주셨다. 지금은 독극물로 분류돼 사용이 금지된 DDT였다.

지금 생각하면 기겁할 일이지만 그때만 해도 그것이 아이들 옷 안에 기어 다니는 이를 구제하기 위한 가장 좋은 방법이었다. 하긴 내가 군대 생활을 하던 1974년까지도 겨울 내의의 사타구니와 겨드랑이에 DDT 가루를 담은 헝겊 봉지를 실로 꿰매 달고 다녔으니 1962년 무렵이야 말해 무엇하랴. 그런데 DDT 가루를 온통 몸에 뿌리고 살았던 우리 세대는 아직도 건강하게 잘살고 있는데 위생에 대해서는 온갖 까탈을 부리는 요즘 세대는 왜 비실비실한 것인지 모르겠다.

나는 성호로 간지 일 년만인 4학년 초부터 다시 마산상남국민학교로 전학을 갔다. 성호 학군 내에 상남이 새로 개교해서 그쪽 지역에 사는 학생들이 전학을 가게 된 것이다. 상남국민학교에서 4, 5, 6학년 때는 그냥 평범한 아이였고 공부는 담임 선생님이 마산중학교에는 합격할 수 있다고 판단할 만큼 했던 것 같다.

그런데 결과는 낙방이었다. 사실 나도 왜 떨어졌는지 이해가 잘 안 됐지만, 아무튼 내 인생에서 첫 번째로 맛본 실패였다. 재수할 형편은 아니어서 후기인 중앙중학교에 시험을 쳤고 장학생으로 합격했지만, 부모님은 실망감이 컸던 모양이다.

이미 형은 마산중을 나와 마산고를 다니고 있었고 누나는 마산 여중을 다니고 있었는데 내가 아버지의 자존심을 구긴 셈이 된 것 이다. 아버지는 내가 중학교 다니는 내내 친구분이나 남에게 자식 들을 인사시킬 경우가 생기면 차례로 마산고, 마산여중 다닌다고 하다가 나는 그냥 중학생이라고 소개했다.

중학교 때 만나고 친했던 윤강수 군은 고등학교에도 같이 진학 했고 평생 친구로 지내고 있다. 윤 군은 찢어지게 가난한 집의 6남 매 중 장남이었는데 마산고를 졸업하고 결국 진학을 못 했다. 그 당시 가난했지만 머리는 괜찮았던 학생들이 주로 가던 사관학교는 눈이 나빠 진학이 불가능했고, 교육대학은 학비가 비싸지 않았지 만 졸업할 때까지 2년간 가족을 부양할 수 없다는 문제가 있었다.

그는 부산시에서 9급 행정직 공무원(옛날 5급을)으로 사회생활을 시작했다. 윤 군은 부산시 서구청 총무국장을 지내고 마지막에는 지방직 3급 공무원으로 퇴직해 경남 산청군에서 은퇴 생활을 즐 기고 있다. 윤 군 부부와는 은퇴 후 '좌충우돌 노년여행단'을 결성 해 같이 해외여행을 다니고 있다.

나는 중학교, 고등학교, 대학교 생활을 통틀어 중학교 재학 중에 공부를 가장 열심히 했다고 자부한다. 그 결과 마산고등학교에 진학했을 때는 입학성적 1등에서 60등까지를 편성하는 특별반인 4반에 들어갈 수 있다. 아버지가 제자를 통해 알아본 바로는 21등으로 합격했다고 들었다. 하지만 내 고등학교 생활은 졸업할 때까지 방황과 부적응과 일탈의 연속이었다.

병영 같은 학교 분위기에 적응이 잘 안돼서 학교에 결석하기가 일쑤였다. 1학년 때부터 학교에 가는 길 도중인 댓거리에 있는 시외버스터미널에서 버스를 타고 낙동강 강변 읍내인 창녕군 남지로 가는 일이 많았다. 그곳에는 초등학교 때부터 친했던 박영효 군이 자취하면서 종합고교에 다니고 있었다. 고만고만한 친구들과 어울려 친구의 자취방에서 담배를 피웠고 깡술을 마시기도 했다. 학교에서도 수업 시간에는 교과 내용에는 관심이 없고 혼자 엉뚱한 상상을 하다 선생님들에게 혼이 난 적이 한두 번이 아니었다.

고교 시절에 있었던 일 중 가장 나에게 영향을 많이 미친 일은 어머니의 사망이었다. 고교 1학년 9월 무렵 태풍이 불어닥치면서 마산 지역에는 엄청난 폭우가 쏟아졌다. 그 당시 우리 집 아랫방에는 젊은 부부가 세 들어 살았는데 아저씨는 북마산파출소 옆의 성원골 개천 다리 위에서 구멍가게 잡화점을 운영하고 있었다. 그 구멍가게는 다리 위에 가게의 절반을 걸치고 나머지 절반은 버팀목으로 개천 바닥 위에 걸치고 있는 상태였다.

그런데 그 폭우가 오던 날 자정을 넘긴 시간에 아랫방 젊은 아주머니가 어머니를 깨워 도와달라고 부탁을 한 것이다. 폭우로 가게가 위험하니 상품을 가게 밖으로 꺼내는 작업을 도와달라고 한 것. 당시 아저씨는 술에 취해 자고 있었던 모양이었다. 어머니는 그때 폭우 속에서 가게 안에서 아주머니와 함께 물건을 꺼내는 작업을 하는 도중 폭우에 휩쓸려 온 바위가 가게 버팀목을 치는 바람에 가게와 함께 두 사람이 급류에 휩쓸려 간 것이다. 어머니의 시신은 이틀 뒤에 마산 앞바다에서 발견했고 선산에 장사 지냈다.

이 일이 있고 나서 나의 학교생활은 더욱 엉망이 됐다. 아버지는 진동 쪽의 시골 초등학교 사택에서 살았고 형은 부산대 공대 학생으로 부산에서 입주 과외를 하면서 살고 있었다. 나머지 형제들은 할머니, 할아버지와 함께 마산 집에서 살았는데 아무도 나에게 공부하라거나 간섭하는 사람이 없었다.

◆ 마산고 교정은 벚꽃이 유명하다.

1학년 때 같은 반이었던 남기호 군과는 꽤 친했다. 그는 공부를 잘하고 조용하고 얌전하여 남 보기에는 전형적인 모범생의 모습을 유지하고 있었지만, 그

일곱 번의 좌절

당시 정서적으로 방황하기는 나와 마찬가지였다. 아마도 일주일에 한 번씩은 그 친구와 당시 마산 앞바다 선창가의 판잣집 술집이었던 '홍콩바'에 가서 막걸리를 마셨던 것 같다.

돈은 남 군이 주로 냈는데 우리가 다니던 술집 주인 할머니는 우리에게만은 특별히 술을 마시고 싶은 만큼 마시게 해주었다. 그 할머니에게 앞으로 장가를 가면 꼭 아내와 함께 찾아오겠다고 약속했는데 그 뒤 내가 대학을 졸업하고 취직을 한 뒤에 찾아갔을 때는 이미 주인이 바뀌고 할머니의 행적도 찾을 수가 없었다. 남 군은 부산대 행정학과를 졸업하고 울산의 대기업 계열사에서 근무하다 은퇴했다.

1학년 때 학교생활 부적응자였던 나는 학급 내의 학폭들(요즘 말로 일진들)의 밥이기도 했다. 적당히 커서 두들겨 패 볼만 한데다 태도도 고분고분하지 않아 늘 그 친구들이 시비를 거는 대상이 됐다. 그 당시 고등학교 일진들은 잭나이프, 군용 벨트, 자전거 체인 등을 갖고 다니며 위력을 과시하고 시비를 걸곤 했다.

1학년 가을 어느 날 일진 두 명에게 별관 건물 옆 연못가로 끌려가 돌멩이로 뒤통수를 맞았는데 머리에서 피가 너무 많이 흘러서 온 학교가 다 알게 된 사건이 있었다. 양호실에서 응급처치를 하고 시내 병원으로 가서 봉합수술을 했다. 사고를 친 두 사람은 결국 퇴학당했다.

뒷이야기지만 이 중 한 사람은 그 후 학교를 떠나 결국 깡패를 길을 걸었고 평생을 비슷한 삶을 살았다고 한다. 하지만 다른 사람은 검정고시로 대입 자격을 취득하고 대학을 나와 공무원의 길을 걸었다. 지금은 나와 술친구로 지낸다.

◆ 마산고등학교 재경 총동창회 춘계 체육대회에서 31회 동기생들.

나는 2학년 때는 이과를 택해 5반이 됐고 3학년에 진급할 때는 다시 문과로 돌아서 2반에 편성됐다. 그만큼 자기 진로와 적성에 대한 판단이 헷갈렸다는 말이기도 하다. 마산고는 2학년 때부터 문과는 3반, 이과는 4반이 특별반으로 편성됐는데 나는 1학년 이후에 한 번도 특별반에 들지 못했다.

사실 나에게 고교 시절 수학은 정말 끔찍했다. 1학년 때부터 수업에 집중하지 못해 수학에 뒤처지기 시작하여 2학년 때부터 배우는 미분 적분은 학교를 졸업할 때까지 그 개념조차 알지 못했다. 그러니 애당초 수학 문제를 푸는 것이 불가능했던 것이다. 아마도 3학년 때 나의 성적은 문과 3개 반 180명 중에서 100등 밖으로 벗어나 있었다.

그런데도 3학년 크리스마스 때까지도 당시 한 반이었던 윤진원 군, 다른 학교에 다니던 친구들이었던 박영효, 이곤섭, 배원철 군 등과 어울려 몇 날 며칠을 술을 마시고 같이 윤 군의 방에서 합숙했다. 당시 같이 놀던 한 친구가 "너 그래도 되냐?"라고 걱정을 하던 일이 기억에 남아있다. 윤 군은 재수해서 연세대 체육과에 들어갔고 그 뒤 올림픽 조직위와 국정원 등에서 근무하다 정년퇴직했다.

드디어 1972년 1월 초 대학 원서를 쓰는 날이 왔다. 당시 나는 국어, 영어, 수학, 사회, 생물 등 최소한의 5개 과목 외에 물리 화학 등 이과에 속하는 시험 과목이 있는 대학에는 갈 수가 없다는 것을 스스로도 잘 알고 있었다.

그즈음에 한 해 선배였다가 대학에 떨어지는 바람에 학교에 눌러앉아 한 반 동급생이 됐던 노일상 군이 나에게 경북대학교를 소개했다. 시험 과목이 5개라는 것이다. 대구에 집이 있던 그는 자신도 경북대에 원서를 낼 것이라고 했다.

교무실로 성판경 담임 선생님을 찾아가 경북대학교에 시험을 보겠다고 했더니 뜨악한 표정으로 말꼬리를 높이며 "경북대? 그래 어느 학과에 낼 거야?"라고 물으셨다. 문리대 국문학과라고 했더니 단호하게 안 된다고 말했다. 나의 실력으로는 떨어진다는 것이었다. 그러면서 같은 문리대의 좀 더 쉬운 학과에 원서를 내보라고 권했다. 떨어지면 재수하겠다고 우겨서 겨우 원서에 도장을 받을 수가 있었다.

그런데 그 당시 경북대는 나 같은 학생들을 위한, 참으로 기발한 시험 출제 정책을 갖고 있었다. 문과계통학과의 시험에서 다른 과목에서는 비교적 성적이 좋지만 유독 수학에만 0점을 받아 과락으로 탈락하는 것을 막기 위해 수학 시험문제 중에 2점짜리 단답형 ○× 문제를 몇 개 포함해 놓은 것이다.

나는 단답형 문제 중에 확실히 아는 문제 한 개를 맞추어 당당히 2점을 획득할 수 있었다. 사실 수학 문제라기보다는 상식 문제에 가까운 것이었다. 그래서 경북대학교 문리대 국문학과에 합격했다. 짐작건대 입학정원 20명 중에 꼴찌를 하지 않았나 싶다.

나는 지금도 도무지 이해할 수가 없는 것이 왜 평생 수학하고는 담을 쌓고 살 사람들에게 그렇게 어려운 수학 학습을 강제하느냐는 것이다. 나는 구구단도 제대로 못 외우지만 살아오면서 수학을 못 해서 불편을 겪은 적은 한 번도 없다.

그런데 나 같은 사람이 왜 미적분 문제를 풀어야 하고 고급 함수 문제를 이해해야 하는지 나는 모르겠다. 아무튼 내 고등학교 때 성적은 원래 다른 과목도 시원찮았던데다 늘 수학 때문에 100점은 기본적으로 깎이고 시작했다. 그래서 어느 순간 수학하고 이별하고 났을 때부터 내 인생이 서서히 풀려나가기 시작했던 것 같다.

114

| 대학시절과 영남일보 |

　그 당시 경북대 사대를 나오면 무조건 대구와 경남북의 공립 중
고교에 발령받았고 문리대를 나와도 교직과목을 이수하면 대구,
부산, 마산 등지의 대도시 사립 중고교에 취직하는 것이 그다지
어렵지 않았다. 그래서 문리대 학생들은 평생을 교사로 지내겠다
고 작정만 하면 대학 생활은 여유롭게 보낼 수 있었다.

　나는 마산고를 같이 졸업하고 경북대 원예학과에 진학한 김부
영 군과 함께 학교 옆 산격동에서 자취했다. 그런데 매일 술 마시
고 자다 보면 첫 교시 수업은 거의 못 들어가고 첫 교시를 마친 급
우들이 자취방으로 찾아와야 겨우 일어나는 식이었다.

　그 당시 국문과에는 외국인 특별전형으로 들어온 화교 학생인
장가급 군이 있었는데 나와는 비교적 친한 편이었다. 장 군의 집
은 시내에서 중국집을 운영했는데 그 집에 자주 밥 얻어먹으러 갔
던 기억이 있다.

한 번은 방과 후 장 군이 한잔하러 가자며 시내로 이끌었다. 나는 당연히 향촌동 고구마식당 정도에서 막걸리를 마실 것으로 생각했는데 중앙공원 옆의 2층 맥줏집으로 나를 데리고 갔다. 널따란 홀에 번쩍이는 조명등까지 있는 맥줏집이었다. 500cc짜리 생맥주를 시켜서 마셨다. 내가 생전 처음으로 맥주를 마셔본 순간이었다. 약간 혀 끝을 자극하면서도 향긋하고 구수하기까지 한 그 맛에 나는 금방 매료됐다. 세상에 이렇게 맛있고 시원한 술이 있을 수 있다니! 일종의 문화적 충격이었다.

우리 세대는 일생을 살면서 문화충격을 자주 경험한 세대다. 대다수의 경우 중학교 시험에 합격해서 시골의 부모님이 큰맘 먹고 읍내 중국집에서 사주셨던 짜장면의 맛에서 처음으로 문화충격을 받았다는 사람이 적지 않다.

나는 자취를 하면서 길게는 일주일 가까이 라면이나 라면에 쌀을 넣은 라면죽으로만 지낸 적도 있다. 집에서 보내주는 돈이 넉넉지 않은 데다 그 쥐꼬리만 생활비로 술까지 마시려면 식비를 줄일 수밖에 없었기 때문이다.

한번은 견디다 못해 그 당시 울산의 현대중공업에 대졸 엔지니어(기사)로 갓 취직한 형님을 찾아간 적이 있다. 그 당시만 해도 현대중공업이 생긴 지 얼마 되지 않아 회사 정문 앞은 재래식 시장이 있고 시장 안에는 온갖 종류의 음식점 등이 성업 중이었다. 형은 대졸 미혼 사원들이 사는 회사 내의 독신자 아파트에서 살고 있었다. 방은 침대가 양옆에 한 개씩 놓여있고 침대 옆에서 각자의 책상과 옷장이 있고 화장실이 딸린 2인 1실의 비교적 단순한 구조였는데 내 눈에는 호텔 같아 보였다(사실 그때까지 나는 호텔이라는 곳을 말만 들었지 실제 가본적은 없었다).

대학생인 동생이 왔다고 술 한잔하자며 형이 회사 정문 앞 시장 안의 돼지고기 두루치기 구이집으로 데리고 갔는데 그곳에서 나는 또다시 문화충격을 받았다. 세상에 이렇게 맛있는 안주가 있다니! 회사에 취직하기만 하면 이런 안주를 마음껏 먹을 수가 있구나.

대학 시절 사귀었던 친구 중 김종찬 군은 잊지 못한다. 경북사대부고를 나왔던 그 친구는 부모님이 서문시장에서 큰 포목상을 경영했고 삼덕동의 훌륭한 이층집에서 살았다. 그는 키 크고 잘 생겼고 착하고 친구들에 대한 배려심이 깊은 편이었다. 그 당시 그 친구는 같이 술을 마시면 늘 술값을 내고 술 마시다 잘 곳이 마땅찮으면 자기 집에 데리고 가곤 했다. 나는 그 친구 집의 단골손님이었다.

군 생활을 할 때는 대구에 갔다가 잘 곳이 마땅찮으면 한밤중에 그 친구도 없는 그 집을 찾아가 잔 적도 있다. 그 당시 그 친구도 입대해서 공수부대에서 근무 중이었다. 종찬 군은 마산 우리 집에 놀러 오기도 했다. 30대 초반에는 그 부부를 서울 우리 집으로 초대해 같이 오대산 방아다리 약수터 휴양지에 휴가를 간 적도 있다. 종찬 군은 대구에서 사립 중학교 국어 교사를 하다가 퇴직했는데 2019년에 갑자기 쓰러져 유명을 달리했다.

김추규 군은 군위 출신이었는데 나와 죽이 잘 맞는 친구였다. 2학년 때 입대 전에 그의 집에 김종찬 군과 함께 초대받아 칙사대접을 받고 온 적도 있다. 시골에서 중농 이상이었던 집의 장남이었던 그는 온 집안과 동네의 자랑이었다. 졸업 후 대구의 사립고교에서 교편을 잡았는데 그의 아내와 본가 사이에 고부갈등이 심했던 것 같다. 어느 날 그 친구가 자살했다는 소식을 들었다. 30대 중반 무렵의 일이었다.

2학년 2학기 어느 날 당시 학과장이었던 김춘수 교수가 수업을 시작하기에 앞서 칠판에 사다리를 그리기 시작했다. 교사 자격을 취득하려면 3학년부터 교직과목을 이수해야 하는데 같이 입학한 20명 중 5명은 탈락해야 하고 그 탈락자를 사다리 타기로 골라내겠다는 취지였다.

사연은 이러했다. 경북대 문리대 국문학과는 71학번까지는 정원이 15명으로 당시 문교부에서 배정된 교직과목 이수 TO도 15명이었다. 그런데 72학번부터는 정원이 20명으로 늘었으나 교직과목 이수 TO는 늘지 않아 5명은 탈락해야 할 형편이라는 것이었다.

문교부 공무원들과 대학 행정당국의 부주의와 무성의가 빚은 어처구니없는 실책이었지만 이미 돌이킬 수 없는 상황이었다. 그런데 이런 상황에서 대개의 경우는 성적순으로 정하지만, 국내 최

일곱 번의 좌절

고의 시인이었던 선생님은 성적순으로 무슨 자격을 정하는 것은 도리에 맞지 않다는 생각을 갖고 계신 분이었다.

그 사다리 타기에서 나는 박경조, 김형국, 왕종근, 여학생인 남안순 씨 등과 함께 탈락하고 말았다. 말하자면 대학 졸업 후에 안정적으로 보장된 것으로 생각됐던 중등학교 국어 교사라는 직업이 졸지에 없어지고 만 셈이었다. 낭패감이 컸다. 이 사건은 내 인생에서 두 번째로 겪은 좌절이었다. 나는 이 사실을 아버지에게 알리지도 못했다. 아버지가 실망하고 걱정할 것을 생각하면 차마 말씀을 드릴 수가 없었기 때문이다.

하지만 돌이켜 생각해보면 이 사건은 내 인생의 진로를 바꾸는 결정적인 계기가 됐다. 이때 탈락하지 않았다면 나는 아마도 대구나 마산의 어느 사립고교에서 국어 교사 생활을 하면서 일생을 보냈을 것이다.

일단 2학년을 마치고 군대에 가기로 했다. 병역을 마치고 복학한 후에 진로를 모색하기로 한 것이다. 나는 강원도 철원군의 DMZ 바로 아래에서 포병대대 암호병으로 32개월의 군 복무를 마쳤다.

복학 후 4학년 2학기에 대구 영남일보 공채 시험에 응시해 1등으로 합격했다. 1978년 가을이었다. 영남일보 시절은 나름대로 재미있었다. 영남일보는 대구에서 발행 부수나 영향력에서 매일 신문에 밀리는 2등 신문이었지만 당시 사세가 꾸준히 늘고 있었고 월급도 매일신문과 동일하게 받았다. 아마도 그 당시 학교로 진출한 동기생들과 월급이 비슷했던 것으로 기억된다.

그때 같이 입사했던 6명의 동기들은 신문사 선배와 경영진으로부터 엄청난 기대를 받으며 근무했다. 회사는 중부경찰서 바로 인근에 있었는데 매일 퇴근 후에는 선배들에게 이끌려 동성로 등지에 술을 마시러 다녔다.

1979년 가을 무렵 누군가의 주선으로 대구정화여고 여선생님들과 영남일보 입사 동기 5명이 미팅을 했는데 그 자리에서 뒤에 아내가 된 김정애 선생님을 만났다. 김 선생은 다른 사람의 파트너였는데 미팅이 끝난 후 국문과 후배로 그 학교에 김 선생과 같이 근무하고 있었던 반순태 선생을 통해 연락처를 확보해 내가 먼저 만나자 제의했다.

우리의 연애는 시종일관 순탄하지 못했다. 처음부터 아내는 수동적이었고 나의 적극적인 대시에 단호하게 거절하지 못해 자꾸 만나다 보니 점점 더 헤어지기가 어려워지는 식의 연애였다. 그런데 처부모님은 더욱 넘기 어려운 벽이었다.

처부모님은 아들 없이 딸만 둘이었는데 김 선생은 장녀였다. 당시 대구시 내 초등학교 교감이었던 장인어른은 매사에 용의주도하고 자신이 사전에 계획했던 대로 모든 것이 흘러가야만 되는 분이었다.

아내는 경북여중, 경북여고, 경북대를 나왔고 추첨제로 고등학교에 들어갔던 처제는 경북대를 나와 수학 교사로 재직 중이었는데 딸들에 대한 자부심이 대단했다. 장인은 딸들이 자신이 정해준혼처의 총각을 만나 결혼해야 한다고 확신하고 있었다. 그리고 사윗감은 대구에서 경북고를 나오고 서울 등지의 일류대를 나와 최고 수준의 직업을 갖고 있어야 한다는 식이었다.

더구나 장인은 신문기자들은 공갈배이거나 상종하지 못할 인간 말종들이라는 기본 인식을 갖고 있었다. 안동 김씨에 경북 의성 사촌마을이 고향인 장인은 원래 보수적인 분이기도 했지만, 경북지방에서 시골 초등학교 교무주임 등으로 근무하면서 지방지의일부 지방 주재 기자들에게 시달렸던 경험들 때문이었다. 그러니결혼을 앞둔 큰딸이 지방지 기자와 사귄다는 것은 도저히 받아들일 수 없는 일이었다.

당시 처가댁은 큰딸의 연애 때문에 하루하루가 살얼음판 같은분위기였다. 아내는 일요일마다 부모님이 마련해주는 맞선 자리에 강제로 나가야만 하는 처지였다.

한번은 절대 오지 말라는 사전 경고도 무시하고 집에 찾아갔다가 장인어른과 얼굴을 붉히고 고래고래 고함을 지르며 대판으로싸운 적도 있었다. 너무 모욕적인 말을 듣고 순간 감정을 억제하지 못하고 폭발했던 것이다.

아내가 도저히 부모님의 뜻을 못 꺾고 스스로도 더 이상 견딜 수가 없어 나와 헤어질 결심을 할 무렵 우리가 헤어질 수밖에 없는 사건이 일어났다. 1980년 7월 전두환 정권에 의한 언론기관 통폐합과 언론인 숙정사건이 그것이다.

그해 7월 공무원과 언론인 등에 대한 대대적인 숙정 작업으로 사회 분위기가 얼음장처럼 싸늘해져 있었던 어느 날 회사 측이 당국에서 내려온 숙정 대상 언론인을 발표했다. 거기에는 입사 1년 반밖에 안 된 나의 이름도 포함되어 있었다. 도대체 내가 왜 그 속에 포함되었는지 이유도 모른 채 회사를 떠나야 했다. 누구도 그 이유를 몰랐고 설명을 해줄 수 있는 사람도 없었다.

내가 그 명단에 포함되어 있었던 이유는 그 후 세월이 제법 흘러 내가 동아일보에 수습기자로 입사한 후에 자연스럽게 알게 됐다. 아무튼, 이 사건은 내 인생에서 있었던 세 번째의 좌절이었다.

그때 1979년 10월 26일 박정희 대통령의 시해 사건과 1980년 5월 광주의 비극 그리고 언론인 숙정 등 일련의 사건이 없었다면 나는 아마도 영남일보 기자로 대구에서 일생을 보냈을 것이다. 뒤에야 깨닫게 되었지만, 작은 쪽박에 안주해서 살아가는 내 모습을 보다 못한 운명이 나의 쪽박을 아예 산산조각 내버렸던 것이다.

나는 대구를 떠나 마산으로 낙향할 수밖에 없었다. 아버지가 재직했던 함안군 양촌국민학교 교장 사택의 빈방에서 기거하며 대학원 시험을 준비하기로 했다. 아내에게는 우리가 이제 그만 헤어지라는 운명의 명령인 모양이라며 결별을 통보했다.

그런데 이 여자는 나와 자연스럽게 헤어질 기회가 왔는데도 오히려 더 적극적으로 나왔다. 거의 매주 대구에서 마산으로 만나러 내려오는 것이었다. 아마도 평생을 부부로 살아가라는 것이 운명이었는지도 모르겠다. 나는 1980년 7월 말에 낙향하여 그다음 해 2월까지 양촌국민학교 사택에서 지냈다.

그때 그 학교에는 나와 고등학교 동기로 마산교대를 졸업한 최용진 군이 교사로 근무하고 있었다. 독신이었던 이 친구는 집에도 가지 않고 매일 숙직을 도맡다시피 하며 숙직실에서 기거했는데 교장 아들인 나와 숙직실에서 자주 막걸리를 마셨다. 거의 빈털터리나 다름없었던 그 친구는 묘하게도 오디오만은 꽤 괜찮은 것을 갖고 있었고 클래식 LP판도 많이 소유하고 있었다.

그 친구와 같이 술에 젖어 들면서 상상스의 「서주와 론도 카프리치오소」를 듣던 기억을 잊을 수 없다. 우리는 숙직실 유리창을 통해 시골 초등학교 교정이 가을로 물들어가는 것을 보면서, 또 초겨울 삭풍 속에 눈발이 휘날리는 것을 바라보면서 술을 마셨고 이 음악을 들었다. 나는 그 뒤 창밖에 눈이 휘날리거나 비가 오는 날이면 습관적으로 이 곡을 듣는다. 나의 휴대폰과 거실 오디오에는 이 곡이 늘 저장되어 있다.

내가 양촌학교를 떠난 이후 그 친구를 다시 만나지 못했는데 고교 동기 중 마산교대를 졸업한 몇몇 친구들에게 물어도 소식을 알수가 없었다. 학교를 그만두고 점술사가 되었다는 말도 있고 죽었다는 말도 있었지만, 그 누구도 정확한 안부를 몰랐다.

나는 1981년 1월 연세대 대학원 국문학과에 합격하여 3월에 서울로 올라왔다. 그리고 그 후 지금까지 계속 서울에서 살고 있다.

대학원에서는 당시 국내 최고의 한학자였던 이가원 교수님, 국문학계의 원로 김동욱 교수님 등에게서 배웠다. 이 교수님은 학교에 출근하기가 귀찮아서 명륜동에 있는 자신의 집에서 대학원 수업을 진행하는 일이 많았다. 대학원 동기생들과 추석에 김동욱 교수님 집에 인사를 갔다가 받은 '亡羊(亡羊之歎의 약자로 학문의 길을 그러한 심정으로 걸어가라는 의미)'이라는 붓글씨는 아직도 내 책상 위에 걸려있다.

당시 전 정권은 대학생들의 만성적인 시위를 제도적으로 원천봉쇄하려는 심산으로 대학의 졸업정원제를 전격적으로 시행했다. 입학할 때 정원의 30%를 더 뽑아서 4년 동안 걸러내고 정원만큼만 졸업시키겠다는 제도였다. 이 제도 아래서는 학생들이 공부만해야지 데모 등 다른 짓을 하면 학교에서 쫓겨난다는 의미이기도 했다.

그런데 갑자기 시행된 졸업정원제로 각 대학은 교수요원들이 모자라서 곤란을 겪었다. 특히 국어, 영어 등 교양과정 필수과목은 교수 부족 현상이 심했다. 그 당시는 석사학위만 가지고 대학 전임교수로 임용이 될 때였는데 졸업정원제로 인해 서울대, 연세대, 고려대 등 소위 스카이 대학의 석사학위를 가지면 웬만한 지방대학의 국문학과 교수가 되는 것은 어렵지 않았다.

하지만 나에게는 집에서 온갖 박해를 견디며 기다리는 여자가 있었다. 그래서 가급적 빨리 취직하여 안정적인 생활 기반을 마련하는 것이 시급했다. 여름방학 두 달 동안을 서울에 머물며 학교 도서관에서 언론사 시험공부를 했다. 그리고 그해 9월 동아일보 기자직과 MBC 방송 PD직에 동시에 합격했다.

당시는 대학 졸업 후 들어갈 수 있는 직장이 요즘보다 다양하지 못했다. 인문 사회계 전공의 학생들은 언론사를 특히 들어가고 싶어 했다. 중앙 언론사의 경우 대기업보다 일단 월급이 훨씬 많았고 사회적 레벨도 한 단계 앞서는 것으로 인식되던 때였기 때문이다.

그래서 언론사 입사 시험은 어려웠고 수백 대 일의 경쟁률을 보였다. 하지만 다행히도 언론사 시험에는 수학 과목이 없었다. 수학만 없으면 어떤 시험이나 부딪쳐 볼 엄두는 낼 수 있었다.

| 대학교수 |

2007년 1월 박사학위를 받고 난뒤 서울과 지방의 한두 대학의 전임교수 공개 채용에 지원했지만 떨어졌다. 당시 54세인 나의 나이는 기존 교수들 입장에서는 부담스러운 것이었다. 모두 학과 교수들의 일차 심사에서 탈락해 대학 본부 심사에는 올라가 보지도 못했다.

대다수 대학에서 기존 교수들은 나이가 많은 선배를 채용하기보다는 가급적이면 만만하게 대할 수 있는 후배를 뽑고 싶어 하지만 학교 당국의 입장은 달랐다. 전국의 웬만한 대학에는 신문방송학과(또는 유사 학과)가 있는데 이들 학과에 입학하는 학생들은 하나같이 언론사에 관심을 두고 있었다.

언론사 시험에 유리한 과목을 수강하고 또 집중 교육도 받고 싶은데, 교수 중 그러한 욕구나 수요를 채워줄 수 있는 사람은 거의 없다시피 했다. 대학의 신방과 교수들은 예외 없이 미국에서 이론 공부를 한 사람들로 언론 실무에는 무지했고 학생들이 원하는 과목은 개설조차 할 수 없었다.

미국대학의 저널리즘스쿨의 경우 교수 중 절반 정도가 순수이론 전공자이고 절반은 언론사에서 근무하다 대학으로 온 사람들로 이들은 일정 기간 학교에서 근무하다 다시 언론사로 되돌아가는 경우도 있었고 그 반대의 경우도 허다했다. 말하자면 대학과 산업이 서로 연계가 되어있는 것이다. 하지만 한국의 대학은 언론현업과 대학 사이에 높은 담이 쳐져 있었다.

이런 현실에서 대학 당국은 경험이 풍부한 중견 언론인 중에서 신임 교원을 뽑아 학생들의 욕구를 채워주려고 하지만 현실적으로 박사학위를 갖고 있는 현직 언론인이 거의 없다시피 했다. 그래서 학생들이 원하는 취재와 보도 그리고 미디어 글쓰기 등의 실무 과목은 언론계 현업 간부들에게 초빙교수, 외래교수, 겸임교수 등의 타이틀을 주어 강의를 맡기는 것이 일반적이었다.

내가 그해 2학기를 앞두고 건국대가 교수를 신규로 뽑을 때 요구하는 연구 실적 등 요건을 다 갖추었을 때, 동아일보에서 사장을 했던 오명 씨가 이 학교의 총장을 하고 있었고 내가 사회부장 시절 도움을 주었던 김경희 씨는 여전히 이사장을 하고 있었다. 두 분은 나를 신방과 신임 교수로 뽑고 싶어 했다. 건국대는 신방과가 충주캠퍼스 소속이고 서울캠퍼스에는 야간 특수대학원인 언론홍보대학원이 있다.

대학 본부에서 충주캠퍼스 부총장을 통해 신문방송학과에 신임 교원으로 언론계 출신인 정 아무개를 뽑자는 의견을 냈을 때, 그 학과 교수들 사이에서는 난리가 났다. 절대 동의를 못 한다는 것이다. 대학에서 학과 교수들이 단합하여 반대하면 본부가 일방적으로 신규 교수를 채용하기는 쉽지 않다. 학내 분쟁으로 변할 수 있기 때문이다. 그래서 그 채용 건은 없었던 일이 됐다.

이것은 그 당시의 나에게는 큰 좌절이었다. 대학 당국에서 뽑아주겠다는 교수 자리가 학과에서 반대하는 바람에 무산됐기 때문이다. 여섯 번째의 좌절이었다. 하지만 나는 실망하지 않고 학술지 논문 편수를 계속 늘려 나갔다. 어차피 달리 할 일도 없었기 때문이었다.

그 당시 대학 본부 측은 학생들은 생각하지 않는 신방과 교수들의 행동이 괘씸하기도 하고 한심하기도 했던 모양이다. 그 이듬해 봄학기를 앞두고 건국대에서 연락이 왔다. 서울캠퍼스의 언론홍보대학원 소속으로 지원을 해보라는 것이다.

2008년 3월 1일 자로 언론홍보대학원 부교수로 발령이 났다. 만약 충주캠퍼스 교수들이 동의를 했다면 충주캠퍼스 소속 교수가 되었을 것을 극렬히 반대하는 바람에 오히려 서울캠퍼스 소속 교수로 발령이 난 것이다.

인생은 새옹지마이고 결과는 알 수 없는 법이다. 당시 나의 대학 전임 교수로의 전직 건은 언론계에서 꽤 화제가 됐다. 그 해부터 언론계 현업 종사자 중에서 박사과정 진학자가 크게 늘어났다.

그리고 경력 5년 안팎의 젊은 기자 중에는 사표를 내고 미국과 영국 등지의 대학으로 유학을 가는 사례도 많이 나왔다.

　내가 직장을 옮겼을 때 동아일보 후배들이 조촐한 송별회를 열고 패를 만들어주었다.

2008년 4월은

당신과 나눈 시간은
눈부신 함박꽃이었다가
심술쟁이 황사비에 흩어지는 아지랑이 현기증
한여름 뙤약볕
때론 하회탈 웃음소리로 들리다
종내 대지를 흠뻑 적시는 장대비가 되었다

광화문 네거리의 분주하고 어수선한 편집국
청계천과 함께 추억도 흘렀고
그대 새 길 떠날 때
나 달리 가진 것 없어 이 노래만 드릴지니
아아 당신이 조금 멀어진다고

우리 고운 인연이 색을 바랠까

이윽고 박제처럼 메말라 갈까

봄밤, 문득 스산한 바람이 분다

하지만

녹는 눈에 동백 모가지 툭툭 꺾여도

그제야 매화 향내 실실이 풀려나며

매화 지면 벚꽃 피고

벚꽃잎 떨어지면 이어 배꽃이 열리는 것

배꽃마저 졌거든 모란을 기다리듯

우리에게 가장 좋은 시간은 아직 오지 않았다

이제 그대가 무엇을 아니 하여도 좋은 것은

당신과 함께한 시간이 이미

넉넉하고도 벅찬 축복이었기 때문

지난여름 열기는 데일 듯 뜨거웠지만

가을은 청명하게, 더욱 단단히 익어갔듯이

숱한 그날들에 대해

우리는 오늘도 감사하며 기도하나니

- 사랑하는 정동우 선배를 보내는 후배들이

송별 패에 적혀 있는 이 이별 시를 쓴 사람은 허승호 씨다. 나는 그가 만물박사인 것은 알고 있었지만, 작시까지 웬만한 시인 뺨치게 잘할 줄은 몰랐다. 그는 그 뒤 경제부장, 경제 담당 부국장, 한국신문협회 사무총장, 한국신문잉크 사장 등을 거쳤다.

나는 대학교수가 된 뒤 한동안은 지인들에게 스스로를 소개할 때 '부교수'임을 강조해야 했다. 신문사 간부로 있다가 곧바로 대학으로 갔다고 하니 아무도 일반 전임 교수라고 생각하지 않고 그냥 임시직이나 계약직 교수인 것으로 지레짐작했기 때문이다. 아내가 처가 친척들에게 나의 전직을 알릴 때는 특히 그랬다.

대구·경북 출신에다 안동 김씨 구파인 처가 친척들은 내가 대학교수가 된 뒤 대하는 것이 달라진 듯했다. 유교적인 양반 사회 문화를 배경으로 하는 그들에게는 신문기자보다는 대학교수가 훨씬 예스럽고 점잖고, 학자였던 조상들의 모습에 가까웠던 모양이다.

아무튼 첫 2년 동안은 말 그대로 납작 엎드리다시피 하며 지냈다. 연구실에만 틀어박혀 있었고 강의와 논문 쓰기에만 집중했다.

◆ 대학원생이 수업 중 그린 스케치

이 무렵 하루는 대림산업 인사·총무 담당 전무가 전화했다. 그 회사가 사외이사진을 새로 구성하는데 내가 선정됐다는 것이다. 마침 그 회사에는 내 친구인 이병찬 군이 부사장이면서 건설본부장으로 근무하고 있어서 이 부사장의 추천이냐고 물으니, 그는 내가 사외이사로 선정됐다는 사실 자체도 아직 모른다는 것이다.

대림 측은 새로운 사외이사진을 구성하면서 경영계, 법조계, 학계 일방 도에서 벗어나 언론계 출신도 한 명 포함하자는 내부 결정을 했던 모양이다. 그래서 추천된 사람들을 대상으로 나름대로의 평판 조회를 했는데 나의 평판이 가장 좋았다는 설명이었다.

이 회사의 홍보 담당 전무이면서 정사모 멤버이기도 했던 배선용 씨에게 물어보니 나를 추천한 것은 사실인데 다른 사람도 여러 명을 동시에 추천했다고 말했다. 그리고 인사팀에서도 자체적으로 대상 인물을 고른 것으로 알고 있다고 덧붙였다.

나는 대림산업의 사외이사를 2년간 지냈다. 한 달에 한 번꼴로 이사회에 참석하는 것이 역할의 전부인 셈이었는데 매달 300만 원의 보수를 받았다. 대림산업의 사외이사를 하는 동안 당시 이 회사가 여수에서 건설하고 있던 이순신 대교의 주탑 꼭대기까지 올라가 볼 기회가 있었다.

2010년 1학기부터는 교내 학보와 방송국을 담당하는 미디어센터장을 맡았고 그해 가을 학기부터는 부교수에서 정교수로 승진하고 언론홍보대학원장을 맡았다. 신문과 방송, 잡지 등 교내 언론의 책임자와 학교의 최고 의사결정 기구인 교무회의 참석 멤버가 됐기 때문에 크고 작은 학교의 사정을 알 수 있었고 대학이 돌아가는 시스템을 이해할 수 있었다.

대학원의 일반적인 일 처리는 일반 직원인 행정실장과 행정실 직원이 다 하지만 원장은 모든 업무에 대한 최종 책임을 지기 때문에 소홀히 할 수는 없었다. 학생 모집과 학사 업무, 학생들의 석사학위 논문심사 그리고 입학과 졸업의 사정 업무도 원장이 챙겨야 하는 주요 업무였다.

우리 대학원이 운영하던 두 개의 최고경영자과정(스피치&협상 과정, 문화와 이벤트 과정)에 대한 감독도 원장의 업무 영역이었다. 대학원장을 하면서 매 학기 학생들을 인솔하고 해외여행을 다닌 것도 추억에 남아있다.

◆ 석사학위 수여

2013년 여름에 미국 펜실베이니아주의 블룸스버그 대학으로 연구년(안식년)을 떠났다. 사실 대학에서 10년 반을 근무하는 나는 굳이 안식년을 갈 생각이 없었으나 그 당시의 상황이 갈 수밖에 없도록 전개됐다.

2010년 2학기부터 총장으로 부임했던 마산고 2년 선배인 김진규 씨 때문이었다. 그는 총장으로 부임하자마자 학교를 뒤흔들어 놓았다. 교수들이 매년 의무적으로 달성해야만 했던 논문 편수를 한꺼번에 거의 두 배 가까이 올렸다.

그 당시의 한국 대학 사회는 학교 간 평가 경쟁이 치열하게 전개될 때였고 학교 평가 중 교수들이 학술지에 게재하는 논문 편수는 주요한 평가 항목 중 하나였다. 단기간 내에 가시적인 성과를 내야 하는 신임 총장 입장에서는 교수들을 다그칠 수밖에 없는 상황이었다. 다소 무사안일했던 교수 사회에서 조직적인 반발이 일어났다.

그런데 김 총장은 일반 직원 사회에도 개혁의 칼을 마구 휘둘러 연차휴가, 수당, 비용 지출 등에서 기존의 불합리를 한꺼번에 도려내려 했다. 그리고 서울대 의대교수와 서울대병원 임상교수였던 장점을 적극 활용해 건국대병원의 의사들의 출장, 휴가, 장비 구매, 진료 성과 등에도 과감한 메스를 들이댔다. 사실 병원의 업무는 학교법인에서도 잘 몰라 의사들 스스로가 다 결정하는 구조였는데 갑자기 엄청난 변화와 불이익이 닥친 것이다. 한마디로 김 총장은 기존의 학교 구성원 전부를 적으로 만들고 있었다.

반면 그 자신은 사생활 등에서 많은 구설수와 문제를 안고 있는 사람이었다. 그는 정기적으로 도박을 한 이력도 있고 여자관계도 복잡했다. 한마디로 그는 개혁과 수구의 두 얼굴을 동시에 가진 인물이었다. 당연히 총장에 대한 각종 제보가 언론사에 들어가기 시작했다. 그에 대한 문제가 이것저것 불거지고 언론에 터지면서 학교가 어수선해지고 그를 영입한 이사장까지 위기에 몰리기 시작했다.

결국 그는 재임 2년을 채 못 채우고 스스로 물러나야 했다. 그가 물러나자 그에 대한 분노와 불만의 화살이 이번에는 그와 가까웠던 사람들을 겨냥했다. 그의 최측근으로 통하던 나에 대해서는 노조와 교협 그리고 일부 진보 성향의 교수들이 노골적으로 시비를 걸어왔다. 학내에서 나를 걱정하는 지인이 충고했다.

대학 사회는 눈에 안 띄면 잊어버리니까 일단 피신을 하라고. 마침 안식년을 갈 근무연수가 됐던 참이었다. 내가 블룸스버그 대학으로 안식년을 떠난 배경이다.

이 사건은 그 당시에는 나에게 좌절이었고 위기였다. 굳이 따지자면 일곱 번째의 좌절이 될 것 같다. 하지만 결과적으로는 이 역시 위기를 가장한 축복이었다. 갔다 오니 분위기가 잠잠해져 있었다.

2014년 2학기에 학교로 돌아오자, 내 소속이 언론홍보대학원에서 문과대 미디어커뮤니케이션학과로 바뀌어져 있었다. 이 학과는 문과대 독문과와 불문과를 바탕으로 하고 있는데 이들 학과를 통폐합해서 커뮤니케이션학과라는 새로운 학과를 만들었다. 그리고 다시 언론홍보대학원의 미디어 전공 교수들과 합치면서 학과 성격이 인문학에서 사회학으로 바뀐 것이다. 나는 내키지는 않았지만 반발할 처지도 아니어서 이 학과의 기존 교수들과 잘 지내려고 나름 노력했다.

내가 대학에서 학부와 대학원 학생들에게 가르친 과목은 크게 요약하면 매스커뮤니케이션, 저널리즘, 취재보도론, 보도용 글쓰기, 언론법, 여론과 사회, 민주주의와 공론장 그리고 미래형 데이터 저널리즘 등이다.

과목명에서도 알 수 있듯이 순수 이론 과목이 아니라 현업과 접목되어 있고 언론과 홍보 방면으로의 진출에 관심이 있는 학생들에게는 현실적으로 도움이 될 수 있는 과목들이다. 이런 과목은 민주주의 사회에서 언론이 어떤 기능을 수행하고 있으며 또 언론이 어떠해야 사회가 건강하게 유지될 수 있는지를 성찰해볼 수 있게 한다.

내 강의는 늘 수강생이 넘쳐났다. 나는 글쓰기와 같이 학기 내내 과제가 나가고 교수의 피드백이 필수인 과목은 수강 인원을 30명으로 제한했고 나머지 과목은 55명으로 제한했는데 늘 연구실로 찾아와 부탁하는 학생들 때문에 추가로 몇 명을 더 받아주어야 했다. 수강 인원을 제한하지 않았을 때는 100명을 훌쩍 넘겨 감당할 수 없을 만큼 학생이 몰렸다. 다른 학과에서도 수강생이 몰려

온 탓이었다.

이는 내가 강의를 잘해서가 아니라 내가 개설한 과목들에 대한 학생들의 수요가 그만큼 많았다는 뜻일 것이다. 그런데 이런 과목들은 학습자가 강의 주제에 대해 자기 생각을 가져야만 학습 참여도도 높아지고 이해도도 빨라질 수 있는 교과목들이다.

나는 수업을 진행하면서 학생들에게 돌발 질문을 잘 던졌다. 임의의 학생을 자리에서 일어서게 해서 그 당시의 언론이 가장 많이 다루고 있는 이슈에 대해 질문을 던지는 것이다. 예를 들어 한미동맹이라는 이슈가 있다고 하자. 그 학생에게 한미동맹에 대해 어떻게 생각하는지 물으면 대개 찬성이나 반대 또는 의견 없음이라는 비교적 짧은 답변을 하기 마련이다. 그러면 왜 찬성이나 반대하는지, 왜 의견이 없는지 다시 질문을 던지는 식이다.

이러한 시사적인 이슈에 대해 학부 학생은 물론이고 대학원 학생도 논리 정연하게 자기의 생각을 피력하는 경우는 많지 않다. 특정 이슈에 대해 보수적이거나 진보적인 견해를 갖는 것이 아니라 아예 자기 생각이 없는 경우가 많은 것이다.

미디어커뮤니케이션학과는 건국대 내에서도 경쟁률이 가장 높은 그룹에 속하며 합격에 필요한 수능 성적도 높은 편이다. 서울 시내 일반 고교에서 상위권에 들어야만 합격할 수 있는 학과인 것이다. 그런데 어떠한 이슈에 대한 학생들의 논리 전개 능력은 의외일 정도로 수준 이하라는 것을 느낄 때가 많다.

나는 이를 우리나라 초중고 교육 현실을 보여주는 것으로 생각했다. 어릴 때부터 외우기, 풀기, 따라 하기 교육만 해온 결과 자기 생각을 설득력 있게 전개해 나가는 훈련을 받지 못한 것이다.

어떤 이슈이든 정답은 없는 법이다. 한미동맹이든, 한일관계이든, 사형제 폐지든, 복지정책이든, 교육정책이든 모든 문제가 양면성 또는 다면성을 갖고 있다. 그래서 각자의 정치적, 이념적 성향에 따라 보는 면이 다 다를 수 있다. 하지만 자기는 왜 그렇게 생각하는지에 대한 나름의 논리를 설득력 있게 설명할 수는 있어야 한다. 이것은 비단 언론인 지망생에게만 국한되는 문제가 아니라 민주사회의 구성원이라면 누구나가 갖추어야 할 덕목이며 민주주의 교육의 기본인 것이다.

어떠한 문제에 대해 '자기 생각'를 정리하는 훈련이 되어있지 않거나 자기 생각이 없는 삶을 살아온 사람들이 보편적으로 빠지는 함정이 맹목성이다. 이들은 정치와 사회 이슈도 이성적이나 논리적으로 소비하는 것이 아니라 감성적이고 즉흥적으로 소비하기 마련이다. 그러다 보니 사안들이 가지는 복잡한 다면성에는 아예 눈을 감아버리고 일부 정치인이나 사회운동가들이 외치는 구호성의 선동이나 단문형의 일방적 주장에 쉽게 함몰되어 버리는 것이다. 바로 민주주의가 와해되는 현장이기도 하다.

민주사회의 시민들이 정의와 불의, 옳고 그름에 대해 나름의 생

138

각을 갖고 있는 사회는 안정적이고 그 사회의 민주주의는 좀처럼 흔들리지 않지만, 선동에 좌우되는 사회는 늘 불안하기 마련이다. 오늘날 튀르키예나 베네수엘라, 헝가리, 남미국가들 그리고 미국이나 한국 사회에서 우리가 목격하고 있는 현상이다.

나는 학부 학생들에게 반복적으로 당부하곤 했다. 화장실에서 용변을 볼 때나 지하철이나 버스를 기다릴 때는 스마트폰으로 연예인들 가십이나 보지 말고 그 시간에 논리 전개 훈련을 하라고. 자기가 좋아하는 신문을 찾아서 그날의 사설을 제목만 보고는 용변을 보는 동안 그 제목의 주제에 맞도록 마음속으로 기승전결(起承轉結) 구조의 논리 구성을 한 후 사설 내용과 자신의 논리를 비교해보는 것이다.

처음에는 많이 미숙하겠지만 자꾸 반복하다 보면 어느덧 제법 그럴듯하게 논리를 전개해 나가는 것이 가능할 것이다. 조금 더 나아가 보수와 진보 신문이 같은 주제로 쓴 사설을 비교해서 읽어보면 그 논리의 차별성과 적절성이 더욱 선명히 드러나 자신의 논리 구성에도 도움이 될 것이다. 어렵게 생각할 것 없이 이것은 젊은 사람들이 좋아하는 컴퓨터 게임과 다를 바 없다. 단지 그 게임에 지적 유희적인 측면만 가미된 것일 뿐이다.

내가 동아일보에서 사회2부장을 할 때인 2001년 무렵에 채지영, 손혜림, 김선우, 박형준, 길진균 씨 등의 동기생들이 입사했다. 이들이 수습을 마치고 각 부서로 배치되었을 때의 일이다. 채지영 씨는 사회2부로 발령이 났다. 아침에 인사 발표 뒤 한참을 기다려도 그는 나타나지 않았다. 군대로 치면 신병이 전입 신고도 않고 탈영을 한 셈이었다.

내가 차장들에게 찾아보라고 했더니 조금 뒤 '회의실에서 혼자 울고 있다'고 누군가가 보고했다. 내가 한 층 위에 있는 14층 회의실로 탈영병을 직접 찾아갔다. 그는 문화부를 희망했는데 가장 가기 싫어했던 사회부에 발령이 나서 너무 속상해 그러고 있다고 말했다.

"사회부에도 문화부적인 출입처가 많아. 그러니 안심해."라고 내가 달랬다. 그리고는 보건헬스 팀의 막내 기자로 배치했다. 그는 의사들과도 금방 친해서 좋은 기사를 많이 썼다. 그 뒤 시청팀으로 팀을 옮겨 배치했는데 역시 일을 잘했다. 몇 년 뒤에 그는 자기 희망대로 문화부로 갔다.

내가 대학으로 자리를 옮긴 뒤 그가 나를 찾아온 적이 있다. 기자를 그만두고 뉴욕대학교의 매스커뮤니케이션 석사과정에 원서를 내려고 하는데 추천서를 써달라는 부탁이었다. 사실 언론계에서 담당 부장이었고 현재는 대학교수가 되어있는 내가 추천서를 쓰기는 적임이었을 것이다.

나는 그가 얼마나 유능하고 기대 이상이었는지를 구체적으로 사례 중심으로 추천서를 써 주었다. 채지영 씨는 뉴욕대에서 석사학위를 받고 일리노이 주립대학에서 박사학위를 취득한 뒤 싱가포르 국립대학에서 교수로 근무했다.

어느 날 그가 메일을 보내왔다. 당시 건국대의 나의 소속 학과에서 신임 교수 모집 공고를 냈었는데 자기와는 전공이 안 맞아서 포기한다는 이야기였다. 싱가포르 국립대학은 서울 시내 웬만한 사립대학보다 연봉도 훨씬 많고 세계적인 대학 서열도 한참 앞선 대학이었지만 그는 서울 시내 대학으로 직장을 옮기고 싶어 했다. 남편 및 딸과 이산가족 신세였기 때문이었다.

내가 "무슨 소리를 하느냐. 무조건 원서를 내 봐라"고 권유했다. 대학에서는 종종 학과에서 원하는 사람과 본부에서 원하는 사람이 다른 경우가 많다. 학과에서는 일단 젊고 후배이고 전공도 서로 겹치지 않는 분야의 인물을 원하지만 본부에서는 학교 전체의 평가라는 측면을 중시하기 때문에 지원자의 연구 실적을 우선적으로 보는 경향이 있었다. 채지영 씨의 연구 실적은 압도적이었다. 세계적인 A급 학술지에 실린 논문이 수두룩했다. 내 예상대로 대학 본부는 그를 선택했다.

신문사에서 부장과 막내 부원으로 근무하다 대학에서 같은 학과의 선후배 교수 사이가 된 것이다. 이것도 인연이라면 인연일 것이다. 나는 다른 교수들에게는 나이에 상관없이 존댓말을 썼는데 채 교수에게만은 옛날 버릇이 남아 그게 잘 안됐다. 채 교수 역시 내가 옛날처럼 그를 대하는 게 더 편하다고 했다. 하긴 그의 부친이 나보다 두 살 위라고 하니 내가 아빠뻘이기도 하다.

나는 건국대에 갈 때 충주캠퍼스의 신문방송학과 교수들과는 서로 좋지 않은 관계로 출발했지만, 그것을 염두에 두지 않았다. 내가 먼저 다가갔다. 이웃 동네인 분당에 사는 김병길 교수는 나보다 두 살 어린데 이제는 은퇴해서 술친구로 자주 만나고 있다.

김동규, 황용석 교수는 서울캠퍼스로 적을 옮겨 같은 학과에서 한 동안을 동료 교수로 지냈다. 황 교수는 지금도 명절 때면 선물을 보내오곤 한다. 내가 "이제는 그만해라"고 극구 사양을 해도 막무가내다. 김유정 교수는 홍콩시티대학에서 교수를 하다 건국대로 옮겨왔는데 실력도 실력이지만 늘 소녀 같은 분위기를 잃지 않아 모든 사람에게 좋은 인상을 주었다. 대학에서 이런 좋은 사람들과 동료로 일할 수 있었던 것도 나의 복일 것이다.

2016년 12월에는 장모님이 돌아가셨다. 87세. 지병인 당뇨를 앓아 오다 2년 전부터 신장 투석을 해오셨다. 그해 1월에 병원에 입원한 뒤 귀가하지 못하고 돌아가신 것이다. 1929년에 태어나 21살에 장인어른인 김태수 님과 결혼하여 슬하에 2녀를 두었다. 평소 두 딸이 올바르게 성장해준 것에 대해 늘 자부심을 가지고 계셨고 손녀 셋, 손자 둘인 손주들에게 아낌없는 애정을 주셨다. 손주들이 장례식에서 특히 많이 울었다. 장모님은 평생 남편으로부터도 특별한 사랑을 받아왔고 스스로도 남편에 대해 애정과 신뢰를 보냈던 분이셨다.

장인어른은 2022년 3월에 대구의 노인요양병원에서 돌아가셨다. 1926년 12월생이고 96세였다. 체력이 서서히 쇠진하여 요양

병원에 입원해 계시다가 특별한 병명도 없이 노환성 폐렴 증세로 갑자기 유명을 달리하셨다. 두 분 다 의성군 단촌의 선영에 모셨다.

　나의 부친과 장인어른은 1926년 같은 연도에 태어나 두 분 다 20세에 초등학교 교사로 입직해서 평생을 초등학교 교사, 교감, 교장으로 봉직하셨다. 이것도 인연이라면 인연일 것이다. 은퇴 시점에 부친은 울산 남목초등학교 교장이었고 장인어른은 대구 수창초등학교 교장이었다.

◆ 장인어른 생신 때(장인 장모님을 중심으로 맨 왼쪽은 처제 부부와 아이들, 오른쪽은 우리 부부와 아이들이 앉았다)

| 안식년 |

　내가 안식년 초빙 교수로 블룸스버그 대학을 택한 것도 우연이 아니라 인연의 끈 때문이었다. 이 대학 커뮤니케이션 학과의 리처드 가날 교수가 다리를 놓아 나는 이 대학의 초빙을 받았다. 그런데 가날 교수는 내가 미주리 대학에서 연수할 때 대학원 박사과정 학생으로 나의 초청자였던 장원호 교수가 지도교수였다.

　또 가날 교수의 부인은 서상숙 씨로 충북일보 기자 출신이며 내가 미주리대학에 가 있을 때 그 대학에서 나와 같이 연수 중이었다. 미혼이었던 서상숙 씨는 연수 기간 중 총각이던 리처드와 연애를 해서 곧바로 결혼하는 바람에 귀국을 포기하고 미국에 눌러산 것이다. 리처드는 박사학위를 받고 블룸스버그 대학에 교수로 임용이 되어 계속 근무 중이었다.

　블룸스버그는 뉴욕에서 80번 고속도로를 타고 서쪽으로 3시간 정도 달리면 나타나는 인구 2만 명 정도의 작은 대학도시다. 뉴욕

144

주에서 발원하여 펜실베이니아주를 거쳐 대서양으로 빠지는 서스퀘하나강이 도시 옆을 지나며 그림 같은 풍경을 연출하고 있는 곳이기도 하다.

대학에서는 내가 한국 대학의 딘(학장) 출신이라 하여 연구실도 하나 배정해 주었고 주차, 도서관 이용 등 모든 면에서 교직원 대우를 해주었다. 집은 서스퀘하나강에서 도보로 5분 거리인 오래된 주택가에서 단층 짜리 단독주택을 얻었다. 방 두 개에 거실과 주방이 있고 뒷마당이 꽤 넓은 집인데 볼품은 없었다. 월세 1,000달러였다.

◆ 미국 여행을 다니는 동안 이용했던 4인용 텐트와 프리우스 승용차

가자마자 제일 먼저 한 것은 처제 부부를 맞이한 일이었다. 처제는 여름방학을 내자마자 언니와 미국 자동차 여행을 다니겠다

며 서둘러 쳐들어왔다. 아직 짐도 도착하지 않았고 차도 사기 전이었다. 4명이 함께 렌터카를 몰고 다니면서 차를 보러 다닌 끝에 집에서 40분 거리인 셀링스그로브의 도요타 자동차 대리점에서 프리우스를 2만 5,000달러에 샀다. 미국에서 차 사는 방식인 3년 분할 상환이 아니라 전액을 현찰로 지불하면서 거의 2,000달러나 깎을 수 있었다. 이 차는 1년 뒤 귀국할 때 이삿짐으로 가져왔는데 10년이 지난 지금까지 잘 굴러다니고 있다.

다음날 텐트와 에어매트를 사서 대충 여행 준비를 마치고 임시 번호판을 단 채로 여행에 나섰다. 그 당시에 나는 자동차 여행을 하면 잠은 무조건 전국적인 캠핑 사이트 체인인 KOA에서 텐트를 치고 자는 것인줄 알았다. 미주리 시절의 경험에 그대로 머물러 있었던 것이다.

집에서 출발하여 뉴욕주의 애디론댁산맥을 거쳐 세인트로렌스강의 천섬을 들르고 버몬트주와 뉴햄프셔주를 거쳐 메인주까지 올라갔다. 이 여행 경로는 미국 동북부의 소위 뉴잉글랜드 지방으로 경치가 좋고 집들이 멋있고 산과 들과 호수와 계곡과 강이 적절히 어우러져 있는 아름다운 지역들이다. 처제는 이때가 미국 땅을 처음으로 밟는다고 했다. 여행 도중 다른 사람들이 차 안에서 졸 때도 처제는 잠도 안 자고 차창에서 눈을 뗄 줄 몰랐다.

그때는 그 여행이 마냥 즐겁고 재미있었지만, 미국 사람들 입장에서는 우리 일행이 무척 이상했을 것이다. 아침에 한 텐트에서 중년 남녀 네 명이 기어 나오니 이게 무슨 일인가라는 생각이

들었을 법도 하다.

◆ 서스퀘하나 강변에서 아내와 보람이

블룸스버그에 사는 동안 처제는 두 번, 호주의 아름이는 세 번이나 왔다. 아름이는 올 때마다 한 달 안팎으로 있다가 갔으니 무려 3개월 이상을 미국에서 산 셈이다. 그때 아름이는 임신이 안 돼 아이도 못 가지고 취직도 여의찮아 나름대로 많이 위축되어 있었던 때였는데 엄마, 아빠와 같이 지낸 미국살이가 스트레스 해소에 적지 않은 도움이 됐을 것이다.

그리고 뉴욕에 있는 보람이는 거의 매주 오다시피 했다. 뉴욕에서 시외버스 편으로 왔다가 하룻밤을 자고 다음 날 낮에 가곤 했다. 서울에 있는 훈이는 직장 때문에 한 번도 못 왔지만, 나의 안식년 시절은 우리 가족에게도 좋은 추억을 공유한 기간이었던 셈이다.

크리스마스를 열흘 정도 남겨둔 12월 어느 날 미세스 가날이 아내에게 전화했다. 자기들은 집에 크리스마스트리를 설치했다며 생나무 트리에 관심이 있으면 농장을 알려주겠다는 것이었다. 마침 아름이와 일웅이가 크리스마스를 보내러 와 있던 참이었다. 아이들과 함께 전나무 농장으로 갔다. 산속의 광활한 벌판에 전나무가 촘촘히 심겨 있었다. 가히 수만 평은 넘어 보였다.

미국과 캐나다에서는 이처럼 오직 크리스마스트리로 쓰기 위해 전나무를 키워 파는 농장이 많다. 미국 전역에서 일 년에 트리로 베어져 나가는 나무가 수천만 그루는 넘는다는 보도도 있었다. 이들 나무는 묘목을 심어 5년 정도 키우면 키는 180cm, 몸통은 7~8cm 크기로 자란다.

농장에 나무를 사러 가면 수레와 톱을 주고 나무를 베어낼 구역을 지정해 준다. 직접 가서 마음에 드는 나무를 골라 잘라 오라는 것이다. 나무는 프레이저 전나무와 더글러스 전나무 종인데 크리스마스트리에 알맞도록 끝은 뾰족하고 밑으로 갈수록 가지가 옆으로 뻗어있는 형태이고 잎은 소나무보다는 훨씬 날카로워 마치 침을 꽂아놓은 듯하다. 몸통 밑부분을 톱으로 잘라서 수레에 싣고 사무실로 가져가면 기계로 몸통 한가운데를 밑으로 파서 지지대의 창끝이 들어갈 수 있게 해주고 나중에 나무 전체를 집어넣을 수 있을 커다란 비닐 주머니도 준다.

이 나무를 집으로 갖고 와 플라스틱 버킷 안에 지지대를 넣고 나무를 세우면 트리 설치 작업이 끝난다. 여기에 전등과 장식품만 달면 훌륭한 전나무 트리가 완성되는 것이다. 그런데 이 전나무는 설치한 첫날에는 물을 엄청나게 많이 빨아 먹어 한 버킷 분량의 물을 다 빨아들인다. 그다음 날에는 수분 섭취가 절반으로 줄고 며칠 뒤에는 더 이상 물을 빨아들이지 않고 그냥 말라가는 것이다.

전나무 트리를 설치해놓으면 온 집안이 향긋한 송진 냄새로 뒤덮인다. 전나무는 마르면서도 외형과 색깔은 전혀 변하지 않아 한 달이 지난 뒤에도 원래의 형태와 멋을 전혀 잃지 않는다. 소나무는 마르면서 잎이 누렇게 변하는 것과는 크게 다른 점이다. 새해가 되어 트리를 해체할 때가 오면 나무 전체를 비닐 주머니에 집어넣고 집 앞에 내놓으면 시청 청소차가 수거해 가는 것이다.

한국 사람들 입장에서 보면 멀쩡한 나무를 오직 장식용으로 쓰기 위해 베어내고 버리는 행위가 이해가 잘 안 되지만 그 사람들에게는 마치 꽃을 꺾어 장식으로 쓰고 버리는 것과 같은 개념인 것이다. 아무튼 아름이와 일웅이는 전나무를 사 와서 트리를 만드는 일을 무척 재미있어했다.

아름이 부부와 이리호에 갔던 기억도 잊을 수 없다. 이리호는 오대호 중 하나로 펜실베이니아 북서쪽 끝부분에 있다. 블룸스버그에서 북쪽으로 2시간 정도 달린 후 다시 6번 도로를 타고 서쪽으로 광대한 알레게니 국립 숲 지대를 지나 3시간 정도 달리면 이리 시에 도달한다. 그런데 시기가 겨울이고 크리스마스 시즌이었던 만큼 숲과 경치는 온통 눈으로 뒤덮여 있었고 도로만 제설이 되어 있었다.

드문드문 나타나는 길가의 마을은 크리스마스 장식으로 동화 같은 분위기를 자아내고 있었다. 내가 전문기자 시절 벼랑 끝에 몰려있을 때 마음속으로 부르고 또 불렀던 징글벨 노래가 실현되고 있는 순간이었다.

'흰 눈 사이로 썰매를 타고 달리는 기분 상쾌도 하다. 종이 울려서 장단 맞추니 흥겨워서 소리높여 노래 부른다…'

우리는 이리시에서 하룻밤을 자고 이리호 속으로 길게 뻗어있는 주립공원으로 차를 몰았다. 호수도 공원 도로도 숲도 온통 눈 세상이었다. 도중에 프리우스의 바퀴가 눈에 빠져 난감한 상황에 빠졌는데 마침 지나가던 공원 순찰 트럭이 구해 주었다.

나의 안식년은 생각보다 좋았다. 무엇보다 자유로웠다. 주중에 나는 늘 학교 연구실에 나갔다. 아내가 싸주는 샌드위치 도시락으로 점심도 연구실에서 먹었다. 도서관 건물에 있는 스타벅스 커피집에서 2달러짜리 큰 사이즈의 플라스틱 컵을 사면 그다음부터는 50센트만 내면 매일 리필을 할 수 있었다.

연구실에서는 늘 데이터 저널리즘 관련 전문서를 번역하거나 논문을 쓰면서 보냈다. 그러다 보니 나는 매일 가장 먼저 출근하고 제일 늦게 퇴근을 했다. 그런데 이 대학 커뮤니케이션 학과는 행정실을 중심으로 교수연구실이 타원형으로 배치되어 있어 어느 교수가 몇 시에 출근하여 몇 시에 퇴근하는지를 모두가 알 수 있는 환경이었다.

몇 달이 지난 후 가날 교수가 동료 교수들 사이에 나를 두고 '안식년을 보내러 온 교수가 매일 너무 열심히 연구실을 지키고 있어 놀랐다'는 이야기가 돌았다고 전해 주었다.

블룸스버그에 가 있는 동안 우리 부부는 앤틱에 새롭게 취미를 붙여 일 년 내내 앤틱숍을 뒤지며 살았다. 이 도시와 인근 도시에서 2주에 한 번씩 열리는 공개 중고 물품 경매와 가끔 열리는 대규모 중고 물품 판매 행사에는 꼭 찾아갔다.

블룸스버그에서 서쪽으로 40분 거리에 있는 루이스버그의 Street of Shops나 롤러밀스 마케트플레이스, 북쪽으로 1시간 거리에 있는 밴톤의 골동품 판매 건물, 서쪽으로 30분 거리에 있는 버윅의 벼룩시장, 남쪽으로 30분 거리에 있는 댄빌의 골동품상 등은 우리 부부가 내 집 드나들듯이 찾곤 했던 곳이다.

이들 앤틱숍은 2, 3개 층의 엄청나게 큰 창고 건물에 개별 앤틱숍 부스가 수백 개씩 배치되어 있는데 이들 부스에는 상인이 없고 상품에 가격표만 붙어있을 뿐이다. 고객은 물건을 골라 창고 입구에 있는 회계원에게 돈을 지불하고 나오면 된다.

펜실베이니아주나 뉴욕주 등지에 앤틱숍이 많은 것은 다 이유가 있다. 미국의 시골집들은 대개 큼직큼직한 본 건물에다 어느 집이나 barn, mill, garage, shed 등 다양한 이름의 부속 창고를 가지고 있다. 그리고 쓰던 물건을 버리는 법이 없다. 그러다 보니 할아버지의 할아버지가 쓰던 물건부터 아버지가 쓰던 물건까지 다양한 가구며 식기며 도구며 온갖 잡동사니들이 쌓여 있게 마련이다.

1800년대 중반에 만들어진 각종 식탁과 장식장, 서랍장에서부터 같은 시기에 나온 각종 교과서, 1900년 초반에 나온 축음기며 컬럼비아 레코드사에 100년 전에 발매한 클래식 음악 LP판 전집들도 차곡차곡 쌓여 있는 것이다. 그리고 한 번도 전쟁이나 사회적 격변을 겪은 적도 없으니 이들 물건이 자연 소실될 일도 없다.

이들 물건이 시장에 나오는 되는 계기는 건물 소유주가 사망했을 때다. 그런데 현재 도시에 살고 있으면서 시골의 집을 물려받게 된 자식이나 친인척은 그런 물건들에는 아예 관심조차 없어 집과 함께 일체의 잡동사니를 처분 회사에 일임하는 경우가 많다. 그 과정에서 이 물건들이 경매를 거쳐 시장으로 나오는 것이다.

그래서 오래된 물건에 흥미가 있는 사람들은 보는 눈만 있으면 횡재를 하는 경우도 많다. 뉴잉글랜드 지방 시골의 어느 앤틱숍에서 50달러에 산 낡은 그림이 18, 19세기 대가가 그린 진품으로 밝혀져 수억 원에 팔렸다는 식의 뉴스가 가끔 등장하는 것도 이러한 연유다.

◆ 벼룩시장에서 20달러에 산 1800년대 의자 ◆ 가라지 세일에서 5달러에 산 소나무 의자

우리 부부가 또 자주 드나들었던 곳이 레드밀스라는 이름의 중고 가구점이다. 3층짜리 큰 창고 전체를 중고 가구 전시 및 판매장으로 쓰는 이 집은 우리 부부에게는 신기할 만큼 아름다운 고가구가 많은 집이었다.

나는 이 집에서 가구를 1800년대와 1900년대에 만들어진 것을 구분하는 방법을 배웠다. 1800년대는 가구 제작에 쓰이는 오크나 소나무, 삼나무 등 목재가 너무 풍부해 나무를 가로로 켜서 제작했기 때문에 가구 목의 무늬가 넓고 크게 되어 있는 반면, 1900년대 들어 목재 자원이 점차 고갈되자 세로 켜기로 나무를 잘라 이어 붙이는 방식으로 제작했기 때문에 무늬가 잘게 나온다는 것이다. 빅토리아 시대에 오크나무로 제작된 식탁은 호랑이 가죽 같은 무늬가 식탁 표면을 휘감고 있었다.

우리는 일요일에는 아침을 먹고 앤틱숍으로 출근을 하여 각자 흥미에 맞는 물건을 뒤지며 서로 헤어졌다가 점심시간에 만나 같이 햄버거를 먹고 다시 헤어져 저녁 무렵에 만나 돌아오곤 했다. 아내는 주로 가구와 찻잔 식기 수예품 등에 관심이 있었고 나는 하루 종일 100년 전의 책과 잡지를 뒤지며 놀았다.

블룸스버그의 일 년은 봄부터 가을까지는 허구한 날 잔디 깎기와 낙엽 쓸기를 했고 11월부터 다음 해 4월까지는 눈 치우느라 진을 뺐던 기억이 남아있다. 집 앞에 있던 큰 가로수에서는 연중 낙엽이 떨어져 인도와 차도를 뒤덮는 바람에 매일 낙엽 쓸기를 해야 했다.

도로 건너편 앞집의 마리 할머니와 단 할아버지와는 특히 친했다. 마리 할머니는 새로운 음식을 만들면 한 접시를 가져왔고 단 할아버지는 손자들이 오면 나에게 데리고 와서 인사를 시키곤 했다. 지은 지 120년도 넘은 그 집 거실에는 1백 년은 됐다는 무쇠 난로가 있었는데 불을 피우면 집 전체가 따뜻했다.

한번은 이들 부부가 이웃 마을에서 야외 음악회가 열린다면 같이 가자고 했다. 음악회에는 시집간 딸이 사위와 함께 와 있었다. 우리는 음악회가 끝난 뒤 딸 집에 가서 놀다가 왔다.

단-마리 부부는 이 도시에서 태어나 이 도시에서 자란 사람들로 둘 다 고교를 졸업한 뒤 20살에 결혼해서 이 집에서 쭉 살아온 사람들이다. 단은 평생 가구공장에서 기술자로 일하다 더 이상 힘든 일을 할 수가 없어 은퇴했다고 했다.

그런데 이들 부부가 평생 가장 멀리 가본 곳은 뉴욕시로 옛날 젊었을 때 뉴욕에 갔던 일을 추억 삼아 이야기했다. 우리가 돌아온 뒤에도 이 부부와는 엽서를 주고받았다. 그런데 몇 년 전 전화했더니 마리가 사망했다고 말했다. 단은 잘 지내고 있는지 궁금하다.

◆ 마리와 단 부부의 120년 된 집 앞에서

◆ 100년 된 무쇠 난로

일 년 동안 여행은 참 많이 다녔다. 일주일 일정으로 옛날 우리가 살던 미주리주 컬럼비아까지 가서 옛날 놀던 골프장에서 골프를 치기도 했고 아이들 학교며 유치원을 둘러보기도 했다.

펜실베이니아주에서 미주리주까지 가자면 도중에 이틀은 자야한다. 그런데 미국은 대개 주 경계를 벗어나 이웃 주로 들어서면 큰 휴게소가 나타나고 인포메이션 센터에서 지도 등을 나누어 주거나 각종 팸플릿을 비치한 부스를 설치해두고 있다.

펜실베이니아주에서 오하이오주로 넘어가 휴게소에 들렀는데 오하이오주 내의 모든 고속도로 주변의 모텔들을 지도와 함께 소개하는 책자가 비치되어 있고 책 속에는 할인 티켓까지 들어 있었다. 내가 미국에서 자동차 여행을 하면서 텐트와는 완전히 이별하고 본격적으로 모텔을 이용하게 되는 순간이었다.

모텔은 하룻밤에 40달러에서 100달러짜리까지 다양했고 거의 모든 모텔이 간단한 아침과 커피를 제공하고 있었다. 우리 부부는 50달러 내외의 모텔에 들르곤 했는데 가격이 쌀수록 청결도는 떨어졌다. 아침은 오피스 옆의 휴게실에서 식빵이나 와플을 전기 오븐에 직접 구워 먹게 되어 있었고 커피는 페트병에 넣어 와 종일 마실 수가 있었다. 그다음부터는 다른 주에 들어갈 때마다 주 경계의 휴게소에 들러 모텔 책자를 챙기는 일부터 먼저 했다.

우리는 남쪽으로는 셰넌도어국립공원과 블루리지 파크웨이를 거쳐 그레이트 스모키 국립공원을 다녀왔고, 북쪽으로는 빨간 머리 앤의 고장인 캐나다의 프린스에드워드섬과 노바스코샤 섬을 거쳐 뉴펀들랜드까지 갔다 왔다.

노바스코샤의 북쪽 노스시드니 항구에서 밤 11시경에 출발하는 7층짜리 배에 차량을 싣고 객실에서 잠을 자고 나니 다음 날 아침에 뉴펀들랜드 동남쪽 항구인 포트 오 바스쿠스에 닿아 있었다.

뉴펀들랜드는 자연과 풍광이 북미대륙 전체와 너무 달라 한번은 가볼 만한 곳이었다. 이곳에서 자라는 가문비나무와 전나무 등 침엽수들은 위로 쭉쭉 뻗은 대신 혹독한 날씨 때문에 성장이 억제되어 어른 키 높이 이상으로 자라지 못했다. 그리고 관목들도 땅바닥에 붙어서 자라고 있었다.

뉴펀들랜드의 서쪽 끝에 있는 그로스몬 국립공원은 청정 자연 그 자체였다. 자연이 이보다 더 깨끗할 수는 없는 듯했다. 이곳은 전 세계 지질학자의 성지로 테이블 록이라는 대 암반 지대가 있다. 대략 5억 년 전에 지구 속 마그마가 지표면을 뚫고 솟아올라 그대로 굳어진 현장이다. 이곳의 돌들은 뱀 껍질 같은 문양을 가진 사암들이다.

북극 그린란드의 빙원에서 떨어져 나왔을 때는 작은 산 크기만 했던 빙하가 해류를 타고 30개월 만에 뉴펀들랜드 북쪽의 트와일라이트라는 해변마을 기슭에 도착하는데 이때는 2, 3층짜리 집채만 한 크기로 줄어들어 바다 위에 둥둥 떠 있었다.

빙하 속에는 두께 10, 20센티미터는 됨직한 검은 띠 한두 개가 길게 그려져 있었다. 대략 1만 년도 전에 일어났던 화산 폭발의 화산재가 빙하 속에 그대로 채집되어 있는 것이다.

호박만 한 크기로 부서진 빙하 덩어리를 집어 들고 있으면 '타닥타닥'하는 소리가 끊임없이 났다. 역시 1만 년도 넘게 빙하 속에 갇혀있던 옛날의 공기가 빙하 밖으로 탈출하면서 내는 소리였다. 이 빙하 조각을 유리컵에 넣고 위스키를 따라서 타닥타닥하는 음향을 들으면서 마시니 맛이 기가 막혔다.

◆ 빙하 속에 1만 년 전 화산 폭발의 화산재가 드러나 있다.

◆ 빙하

　미국의 공원 이야기는 하지 않을 수 없다. 미국 대부분의 주 특히 뉴잉글랜드라고 불리는 뉴욕주, 델라웨어주, 코네티컷주, 로드아일랜드주, 뉴햄프셔주, 버몬트주, 메인주 등지를 여행하면서 가장 부러웠던 것은 아름답고 멋진 집들과 잘 꾸며진 농장들이 아니었다. 공원이었다. 큰 도시든 아주 작은 마을이든 공동체의 한가운데는 공원이 자리 잡고 있었다. 빌리지 그린(Village green)이다.

빌리지 그린의 개념은 영국 본토와 영국이 지배했던 모든 나라에서 공통적으로 나타난다. 도시 혹은 마을의 중심지에는 일단 공원이 자리 잡는 식으로 도시를 설계하는 것이다. 공원은 귀족이든 평민이든 부자든 가난뱅이든 그 도시의 구성원 모두가 차별 없이 즐기고 누릴 수 있는 휴식 공간이다. 그래서 공원이 많이 조성되어 있다는 것은 그만큼 그 사회가 문명화되어 있다는 의미이기도 하다.

나는 많은 지역을 여행하면서 늘 그 도시의 공원을 탐방했다. 어떤 공원을 가졌는지를 보면 대충 그 도시의 수준이 파악된다. 뉴욕시는 1800년대 중반에 이 도시를 설계하면서 맨해튼 한복판의 가로 800m, 세로 4km의 공간을 공원으로 지정해 숲과 잔디광장과 놀이터와 산책로와 호수를 만들었다. 오늘날 뉴욕시의 상징이 되는 샌터럴 파크이다.

밴쿠버시의 스탠리파크는 바다와 접하고 있던 숲 지역을 공원으로 지정해 오늘날 세계적인 도시공원이 됐다. 이곳은 온대 원시림이 그대로 보존되어 있어 시민들은 도시 한복판에서 숲속을 도보로 탐방할 수 있다.

호주 시드니의 보타닉 가든과 런던의 하이드 파크도 같은 개념이다. 런던은 전 도시 면적의 25%가 공원이다. 그 아까운 땅을 공원으로 만드는 것은 비합리적인 선택으로 보일 수도 있다. 하지만 공원이 들어서면 그 주변의 가치는 훨씬 올라가고 주변의 개발도 더 촉진된다.

서울의 경우 북한산과 남산이 공원 면적으로 포함되어 있어 서울의 공원 면적 자체는 외국의 큰 도시에 비해 크게 부족해 보이지 않는다. 하지만 실제 시민들의 거주 지역 주변 공원 면적은 턱없이 부족하다.

나는 종종 엉뚱한 상상을 해보곤 한다. 만약 서울에서 독립문과 서울역을 잇는 가로 1km와 광화문을 거쳐 동대문까지의 세로 4km 정도의 공간을 공원으로 지정해 숲을 만들고 잔디광장과 어린이 놀이터와 호수와 산책로를 조성했더라면 오늘날 서울의 가치가 어떻게 됐을까 하는 상상이다. 그 엄청난 공간에 들어서 있는 지금의 모든 빌딩은 아마도 그 공원 주변에 더 크고 더 멋있게 만들어졌을 것이고 서울시는 세계적인 공원 도시가 되었을 것이다.

2018년 6월 초순 정년퇴직을 몇 달 앞두고 마지막 학기 수업을 거의 끝냈을 무렵이다. 미세스 가날이 아내에게 연락했다. 그 당시 그의 외동딸인 아이린이 보스턴의 웨슬리대학에 다니고 있었는데 의대 대학원 진학 준비 때문에 너무 바빠서 여름방학 동안 집에 돌아갈 수가 없으니 엄마, 아빠가 보스턴으로 와서 한 달 반 정도를 같이 보낼 수가 없겠느냐고 부탁한다는 것이었다.

그래서 아내더러 여름에 별다른 계획이 없으면 펜실베이니아

루이스버그에 있는 자기 집에 와서 한 달간 살아보는 게 어떻겠느냐는 의사 타진이었다. 말하자면 집을 빈집으로 둘 수가 없으니, 우리더러 와서 살면서 집 관리도 해달라는 의미였다.

미세스 가날은 우리 부부가 블룸스버그에서 안식년을 보내고 돌아간 후 그곳을 그리워하고 있다는 것을 잘 알고 있었다. 그는 원한다면 처제 부부와 같이 와서 지내도 좋다고 했다. 처제 부부는 우리의 안식년 때 가날교수 집에도 초청받아 이미 인사를 나눈 사이였다.

루이스버그는 블룸스버그에서 80번 고속도로로 서쪽으로 40분 정도의 위치에 있는 도시인데 블룸스버그보다 더 아름다웠다. 아내가 그 이야기를 했더니 처제는 반색했다. 동서와 처제 입장에서는 한번 해보고 싶었던 '미국 한 달 살아보기'가 졸지에 이루어지는 셈이었다. 더구나 처제는 형부가 정년퇴직하면 언니 부부와 본격적으로 여행을 다니겠다며 교사 정년퇴직을 4년이나 앞두고 그해 초에 명예퇴직한 참이었다.

그래서 학기말 시험의 성적 처리가 끝나자마자 미국으로 날아가 8월 초까지 한 달 이상을 살다 왔다. 가날 교수 집은 학비 비싸기로 유명한 버크넬대학 옆의 중산층 거주 지역에 있었다. 앞에서 보면 이층집이고 뒤에서 보면 3층 집 구조로 지하층에서는 뒷마당으로 바로 나갈 수가 있었다. 1층은 넓은 거실과 부엌, 주방 그리고 방 한 개로 되어 있었고 2층에 방 3개와 화장실 2개, 지하에 큰 작업실과 방 한 개, 화장실 하나, 큰 창고가 하나 마련되어 있었다.

이 집은 화초가 심겨 있는 앞 화단은 50평 규모이고 잔디밭으로 꾸며져 있는 뒷마당은 200평 규모로 일주일에 두 번꼴로 잔디를 깎는 게 큰일이었다. 7월에는 호주의 아름이가 날아와 합류하고 뉴욕의 보람이도 자주 찾아와 집이 제법 북적거렸다.

우리는 이 집에서 한 달 살아보기를 하는 동안 매주 파머스마켓에 갔다. 매주 토요일마다 열리는 장터로 농민들이 직접 생산한 농축산물과 원예뿐만 아니라 직접 구운 과자와 빵 심지어 수공예품과 골동품까지도 판다. 우리의 시골 장터와 같은 개념이다.

또 버크넬대학교 골프장에서 골프도 치고 필라델피아와 피츠버그, 랭커스터의 아미쉬 마을, 게티스버그 등 펜실베이니아 곳곳을 돌아다니며 한 달을 보냈다. 펜실베이니아는 면적이 12만 제곱km로 10만 제곱 km인 남한보다 조금 더 크다.

| 자식들 |

나는 2녀 1남의 자식을 두었다.

장녀 아름이는 1983년 4월 1일생이고, 차녀 보람이는 1984년 8월 29일생이고 막내이자 아들인 훈이는 1987년 10월 26일생이다. 아이들 이름은 모두 돌아가신 아이들 할아버지가 지어주셨다. 손녀들은 한글 이름으로 지었고 손자는 집안의 돌림자를 감안해서 한자로 지었다.

나는 우리 집의 아들딸 구성이 거의 완벽에 가깝다고 생각한다. 위로 딸 둘은 엄마의 정서적인 친구이면서 후원자가 되어주고 막내아들은 든든한 믿음과 신뢰를 주고 있기 때문이다.

우리 부부는 지금까지 살아오면서 자식들에게는 늘 만족하고 고마워했던 편이다. 모두가 착하고 큰 말썽 부리지 않고 건강하고 건전하게 잘 자라 주었기 때문이다. 부모가 애들에게 거는 기대와 희망을 늘 기대 이상으로 이루어 내곤 했다. 굳이 학업 성적이나 학교 문제만을 이야기하는 것이 아니다. 삶의 자세 그리고 부모와 주변 사람을 대하는 태도 등에서 착한 아이들이었다.

하지만 그 애들도 내면으로는 나름대로 번민과 방황과 반항의 순간들이 있었으리라. 그 애들 나름의 삶의 디테일은 그것이 아픔이든 기쁨이든 그 애들 몫이고 그들이 극복하고 통과해 나간 삶의 과정이었을 것이다.

애들이 어렸을 때의 삶은 사진과 추억으로 고스란히 부모에게 남아있다. 어느 가정에서나 아이들이 어렸을 적의 사진과 기록 등이 남아있을 터이지만 그것들은 사실 아이들의 것이 아니다. 비록 아이들에 관한 것이지만 그것은 부모의 추억이고 부모의 재산인 것이다. 아이들은 그 자신이 부모가 되고 아이를 키우면서 전혀 새로운 추억의 재산을 새로이 형성해 나가는 것이다. 그리고 그것은 온전히 그들의 것으로 남을 것이다.

우리 부부가 힘들었던 나의 전문기자 시절에는 애들도 마찬가지였다. 고려대 영문학과 학생이었던 아름이는 교환 학생 프로그램에 뽑혀 영국 로열홀러웨이런던대학교에서 공부를 하고 있었는데, 1년 과정이 끝났을 때 그쪽 학교 측에서 돌아가지 말고 그 학교를 졸업하고 석박사 공부도 하는 게 어떠하겠느냐는 제의를 했던 모양이다. 아름이의 조심스러운 문의는 우리에 의해 일언지하에 거절당했다. 아빠가 언제 직장을 잃을지도 모르는 상황에서 유학 비용을 지속적으로 대는 것이 불가능했다. 아름이는 고려대로 되돌아와 4학년 때 LG전자 해외마케팅 부서에 취직했다.

보람이도 이 기간 극심한 방황과 혼란을 겪었다. 서울시립대 디자인학과에서 가르치는 방식이 미국과 홍콩에서 공부한 적이 있는 보람이의 스타일과는 전혀 맞지 않았던 것이다.

보람이는 자기 마음대로 디자인하고 색상 선택도 기존의 스타일과는 달리하고 싶은데, 교수들은 시키는 대로 하기를 강요하고 틀에서 벗어나면 점수를 안 주었던 모양이다. 2학년에 올라가자 보람이는 벌써 학교 수업에 흥미를 잃고 수업을 빼먹기 시작했는데 엄마, 아빠는 그것을 뒤에야 알게 됐다.

훈이는 고려대 경영학과에 들어가 일산 대화동에서 서울 성북구 안암동 학교까지 통학했다. 하루에 통학 시간만 몇 시간이 소요되는 거리다. 그런데다 한 달 용돈도 쥐꼬리만 해서 혼자 아르바이트도 하고 동네 아이 과외도 한 모양이다. 그 시기에 훈이는 점심 밥을 굶고 다니기도 했다고 아내는 뒤에 이야기했다.

결혼 13년 차인 아름이는 결혼 후 호주에 이민 가서 현재 시드니에 살면서 사위 마일웅이와 맞벌이 부부를 하고 있다. 둘 다 시드니대학교에서 경영학석사 학위를 받았다. 일웅이는 시드니가 소속되어 있는 뉴사우스웨일스주 정부의 회계담당 공무원이고 아름이는 알리앙스 보험의 마케팅 담당 매니저급 직원이다. 이들 부부에게는 세 살짜리 아들이 하나 있는데 정식 이름은 '마이든'이고 내가 부르는 이름은 '똥똥똥 똥강아지'다.

첫 사위 일웅이는 고려대 경영학과를 졸업하고 국내 금융회사에 다니다 결혼하자마자 호주로 이민 갔다. 회계사이기 때문에 호주가 선호하는 이민대상자였던 모양이다. 매우 겸손하고 싹싹해서 나의 친척들은 예외 없이 녀석을 좋아하는 편이다. 사돈이 들으면 기분 나쁠지는 몰라도 나는 녀석이 자기 아버지보다 장인인 나를 더 좋아한다고 생각한다.

나의 첫째 사돈은 전남 여수 출신으로 전남대를 나와 미국 콜로라도주립대에서 박사학위를 받았다. 그는 직장 생활 대부분을 주한미국대사관에서 보냈다. 사돈 부부와 우리 부부는 같이 밥도 먹고 노래방에 가기도 하면서 잘 지내고 있다. 재미있는 것은 나의 형님도 사위가 호남 출신이라는 점이다. 형님이나 나나 자식들이 배우자를 정하는 것은 그들의 선택에 맡겨두는 스타일인데 어떻게 하다 보니 둘 다 그렇게 됐다.

보람이는 결혼 5년 차로 뉴욕에 살고 있고 역시 맞벌이 부부다. 사위 라얀 스텐타는 모계는 독일, 부계는 이탈리아인 미국인인데 뉴욕의 큰 부동산 회사 소속의 부동산컨설턴트로 활동 중이다. 보람이는 현재 야후의 본사에서 디자인 담당 중견 직원이다. 이 애들은 아이를 가질 계획이 없는 듯하다. 둘 사이에 딸이 태어났으면 엄청 예뻤을 텐데 라는 아쉬움을 나는 갖고 있다.

둘째 사위 라얀이 결혼 허락을 받기 위해 한국에 왔을 때다. 우리 부부는 녀석을 가락동 수산 시장에 데리고 갔다. 1층에서 회와 대게, 가리비 산낙지 등을 사서 3층 식당에서 먹었다. 내가 탕탕

이로 잘려 접시 위에서 꿈틀거리는 산낙지를 먹으면서 먹어보라고 했더니 녀석은 숟가락으로 떠서 한입 가득 입에 넣고 우걱우걱 씹었다.

나의 둘째 사돈은 부부가 같이 평생 뉴욕시 공무원을 하다 은퇴하고 지금은 플로리다에서 은퇴 생활을 즐기고 있다. 2018년 여름 내가 가날교수 집에서 지내고 있을 때 뉴욕에서 사돈 부부와 상견례를 했다. 그때 내가 "당신과 나는 미국인과 한국인으로 서로 전혀 다른 세상에서 살아왔지만, 아이들 때문에 이제 우리는 친구가 됐다. 죽을 때까지 친구로 지내자"라고 했더니 엄청 좋아하던 기억이 남아있다.

나의 사돈들은 둘 다 딸은 없고 아들만 둘씩이다. 그래서 아름이와 보람이가 사돈 부부의 딸도 겸하고 있다.

보람이는 내가 건국대 교수로 갔던 2008년에 서울시립대를 자퇴하고 뉴욕의 디자인미술대학인 School of Visual Art에 유학을 가서 1학년부터 새로 시작했다. 공부시키는 동안에는 본인이나 부모가 같이 힘들었지만 결국 졸업하고 현지에서 취업해서 미국에 눌러앉았다. 보람이는 사실 한국의 학교나 기업문화에는 잘 맞지 않는 아이다. 그 어려운 형편에도 유학을 보내고 금융위기 때에도 불러들이지 않았던 것을 우리 부부는 두고두고 잘했다고 자평한다.

훈이는 늘 말이 없고 도무지 불평불만을 표시할 줄 모르는 아이다. 세계적인 경영컨설팅 회사인 베인앤컴퍼니에서 시니어 매니

저로 근무 중이다. 이 회사에 재직 중 회사 비용으로 미국 뉴욕의 컬럼비아대학교 경영대학원에 유학해 석사학위를 받았다. 결혼은 연애할 시간이 없어서 못 한다고 한다. 내가 총각일 때는 결혼하고 싶어 견딜 수 없을 지경이었는데 요즘 애들은 알다가도 모를 일이다.

◆ 2019년 5월 보람이 결혼식 때 뉴욕에서 같이 찍은 가족사진(뒤의 왼쪽부터 맏사위 마일웅, 아들 훈, 장녀 아름, 차녀 보람, 둘째 사위 라얀, 둘째 사위의 남동생, 앞의 오른쪽부터 미국 사돈 프랭크 스텐타, 사부인 엘렌, 아내 김정애 그리고 정동우).

애들에게 보냈던 몇 개의 편지들을 나는 아직도 간직하고 있다. 대개 결혼이나 유학, 입대 등 중요한 전환을 앞두고 보냈다. 세월이 많이 흘렀지만 지금 읽어봐도 다시 말해주고 싶은 마음이다.

[아름이]

아름아.

네가 이제 결혼을 앞두고 있구나.

결혼은 사람이 인간으로 태어나 경험하는 온갖 일 중에서 가장 큰 일이고 자신의 미래를 결정짓는 일이야.

따라서 결혼을 앞두고 있는 젊은이들은 마냥 행복하고 즐겁지만은 않을 거야.

준비해야 할 것도 많고 신경 써야 할 일도 태산처럼 많겠지.

그중에서도 가장 큰 스트레스는 아마도 결혼할 상대와의 조율일 것이야.

서로 자라난 환경이 다르고 성격이 다르고 익숙한 문화가 다르고 취향과 습관이 다른 사람이 서로에게 잘 맞도록 조율한다는 것은 실로 지난한 일일 수도 있어.

아빠가 볼 때는 마 군이 100점짜리 총각은 아닐지라도 네 배필로서 무난한 사람인 것으로 보여.

그 이유는 일전에도 말했지만 너와 마 군이 서로 비슷한 수준의 짝인 데다 서로의 부모와 패밀리 역시 어느 일방이 다른 일방에게 기울지 않고 균형과 조화를 이룬다고 보기 때문이야.

결혼은 개인 대 개인의 결합이기도 하지만 패밀리 대 패밀리의 결합이기도 해. 따라서 서로 균형이 맞는 짝끼리의 결합이어야만 어느 한쪽이 교

170

만해지지도 않고 다른 한쪽이 주눅이 드는 일도 없게 되지. 그러한 결혼은 부부가 서로 인정하고 존중하는 사이가 될 수 있기 때문에 안정적이고 지속적인 결혼 생활이 가능한 거야.

100점짜리보다는 75점 정도의 사람이 가장 좋다는 것은 아빠의 평소 지론이야. 그런 사람은 현재에도 일정한 수준이 되면서 현재보다 미래에 더 많은 가능성을 갖고 있기 때문이지.

이러한 점을 전제로 하고 아빠가 너에게 몇 가지 충고(라기보다는 조언)를 해주고 싶은 것이 있어. 그것은 어떻게 하면 너와 마 군이 서로 다투지 않고 서로 존중하는 연애 시절을 보낼 수 있으며 나아가 '원만한 결혼 생활을 해나갈 수 있을까'라는 문제에 관한 것이야.

첫째, 감은 홍시가 될 때를 기다려서 따야 한다는 것이야. 아무리 마음이 급해도 땡감을 따면 결국 그 감은 못 먹고 버릴 수밖에 없게 돼. 연애와 결혼도 마찬가지야. 때로는 마음이 조급하더라도 여건이 숙성할 때를 기다려야 해. 상대를 내 스타일에 맞도록 길들이는 것도, 나의 문화와 성격, 희망 등을 상대로부터 존중받는 일도 서둘러 확답을 받아내려 하지 말고 때가 성숙해서 저절로 그렇게 될 때는 기다리는 것이 현명한 태도야. 미래의 일을 미리 다 결정하려 하면 일을 그르칠 가능성이 그렇지 않을 가능성보다 더 많아.

둘째, 너 자신을 이기지 못하면 결코 상대를 이기지 못한다는 점이야. 아빠가 보건대 너는 아빠와 마찬가지로, 성격이 급하고 열정적인 스타일이야. 열정적인 성격이 결코 나쁜 것은 아니야. 그러한 성격의 소유자들은 에너지가 넘치고 열정이 있기 때문에 불가능해 보이는 일에도 도전하여 많은 성취를 만들어 내기도 하지. 그것은 인류의 역사가 증명하고 있어. 하지만 열정적인 성격의 소유자들이 갖는 치명적인 약점은 때가 오기를 (혹은 일이 숙성해서 저절로 해결되기를) 느긋하게 기다리지 못한다는 점이야. 너의 그러한 성격과는 정반대로 마 군은 냉정하고 이성적인 성격의 소유자로 보여. 각각의 성격은 모두 나름의 장단점을 갖고 있어서 어느 쪽이 더 낫다고는 할 수 없지만 하나 분명한 것은 단기적인 승부에서는 늘 전자가 후자에게 패배하기 마련이지.

전자는 앞에서도 말했지만, 땡감을 따는 실수를 종종 저지르는 반면에 후자는 결코 그러한 실수를 하지 않거든. 그리고 후자들은 전자들의 땡감 따기식의 행동을 결코 호의적으로 받아들이지 않아. 그래서 이성적이고 냉정한 성격의 상대와 연애를 하거나 결혼을 한 사람이 가장 먼저 해야 할 일은 자기 통제력을 강화하는 일이야. 자기 스스로를 통제하지 못하면 결코 상대를 통제할 수 없거든.

셋째, 인생사는 늘 계획이나 희망대로 되어가기보다는 계획대로 되지 않는 경우가 더 많다는 점이야. 그래서 계획만을 믿고 어떤 돌이킬 수 없는 결정을 내리는 우를 범하지 말라고 충고하고 싶어.

예를 들면 마 군은 호주 이민을 위한 기술 심사 결과를 기다리고 있어. 너와 마 군은 여러 가지 정황을 볼 때 그 심사에서 통과될 확률이 매우 높다고 보는 듯하지만, 아빠는 그 가능성을 50% 미만으로 보고 있어. 그것은 아빠가 마 군을 못 믿어서가 아니라 일이 늘 뜻하지 않은 방향으로 흘러가는 것이 인생사라는 것을 잘 알기 때문이야. 그래서 너희들도 마 군의 호주 이민이나 호주 취업이 불발로 끝났을 경우에도 대비한 미

172

래 설계도도 준비해 두라는 말이다.

만약 네가 그러한 설계도를 준비했다면, 요즘 네가 하는 걱정들(미리 사표를 낸다거나, 어느 시점까지는 사의를 표하는 것이 회사에 대한 예의라는 등)은 다소 성급한 것일 수도 있어. 일이 어떻게 흘러갈지는 현재로서는 노바디 노스이거든.

넷째, 사랑은 작은 새와 같다는 점이야. 사랑은 황홀하고 충만하고 행복한 것이지만 속박과는 상극이지. 그래서 움켜쥐려고 하면 할수록 그 사랑은 질식해 버리거나 멀리 날아가 버리는 법이야. 대신, 사랑은 자유롭게 하면 할수록 더욱 다가오는 법이야.

젊은이들이 사랑을 놓치는 가장 흔한 경우가 바로 상대를 속박하거나 닦달하려 하기 때문이야. 만약 네가 마 군이 정말로 좋다면 그럴수록 너 자신에게도, 마 군에게도 일정한 자유를 주고 또 받아야 해. 절대 상대의 24시간을 모두 장악하려는 우는 범하지 말라고 충고하고 싶어.

그리고 네가 진정으로 마 군이 좋다면 마 군만을 좋아할 것이 아니라 먼저 그 가족을 너의 가족으로 받아들이고 그 가족을 좋아하고 사랑하도록 노력해야 한다는 점을 강조하고 싶어.

너에게 메일을 쓰다 보니 잔소리 비슷한 글이 되어버렸구나. 하지만 네가 아빠의 진의를 잘 새겨들어서 마 군과의 현재와 미래의 관계에 참고로 했으면 한다.

2010. 2. 17
눈 덮인 설악산 대청봉 등산을 마치고 돌아와 아빠가

[감사의 말씀]

딸이 결혼하기 전에는 아침마다 직장이 있는 여의도 쌍둥이 빌딩까지 태워다주었습니다. 저의 집인 서판교에서 출발해서 여의도에 들러 딸을 내려다 주고 강변북로를 타고 저의 직장인 건국대로 출근했지요.

요즘은 분당-수서 고속화도로를 타고 청담대교를 넘어 곧바로 출근하지요. 덕분에 아침 출근 거리는 많이 단축되었고 출근 소요 시간도 절반으로 줄어들었습니다.

하지만 아침에 출근할 때마다 허전해지는군요. 마치 꼭 들려야 하는 곳을 빠트리고 그냥 지나치는 것 같은 느낌입니다.

사실 결혼식 당일에는 허전하다기보다는 시원섭섭했지요. 어차피 시집을 보낼 바에는 일찍 마음에 드는 짝을 찾아가는 것이 다행이라고 생각했던 것이지요.

그런데 딸의 부재는 매일 매일 조금씩 느낌으로 다가오더군요. 딸이 쓰던 방을 둘러볼 때나 저녁 퇴근 후의 거실 소파에서, 그리고 아내와 딸이 식탁을 차리던 부엌에서 딸이 이제 남의 식구가 되어 떠나갔다는 사실을 실감하게 되더군요.

다행히 지금은 뉴욕에서 디자인 대학에 다니는 둘째 딸이 방학을 맞아 귀국 중이어서 큰딸의 부재를 상당 부분 중화시켜 주고 있습니다. 하지만 다음 달에 둘째 딸마저 개학을 맞아 가버리면 저의 집에는 부부와 대학 3학년인 아들(막내)만 남게 되어 집이 더욱 조용해질 것 같습니다. 시집간 딸은 서대문 경찰청 부근의 레지던스에서 신접살림을 차렸습니다. 광화문에 있는 사위의 직장과 딸의 직장을 고려해서 중간지점을 선택했다고 합니다. 딸과 사위는 알콩달콩 신혼생활을 보내고 있는 모양입니다. 하와이에 신혼여행을 가서 한번 티격태격한 것 외에는 아직은 싸울 여지가 없는 것 같습니다. 신혼여행지에서는 선물을 많이 사려는 사위를 말리느라고 한번 부딪혔다는 것이 아내로부터 전해 들은 티격태격 사건의 전말입니다.

이제 저와 아내의 역할은 이들 신혼부부가 사랑과 신뢰 속에서 손을 맞잡고 한발 한발 미래로 걸어가도록 격려하면서 지켜보는 것이겠지요.

지난 6월 26일 우리 딸 '아름'의 결혼식에 참석하셔서 자리를 빛내주시고, 따뜻한 마음으로 축복해 주신 데 대해 진심으로 감사드립니다. 생각보다는 훨씬 많은 분들이 참석해 주셔서 '그동안 사회생활을 크게 잘못하지는 않았구나'라는 안도감을 가질 수가 있었습니다.

당일 경황 중에 여러 가지로 미숙한 점이 많아 송구스럽게 생각합니다. 직접 찾아뵙고 인사드려야 도리이나 우선 편지로 감사 인사와 함께 그동안의 경과를 말씀드리오니 너그러이 헤아려 주시기를 바랍니다.

앞으로 귀댁의 대소사도 꼭 알려주시어 저희도 함께 마음을 나눌 수 있게 해주시기 바랍니다. 댁내에 건강과 평화가 늘 함께하기를 기원합니다.

2010년 7월
정동우·김정애 드림

[보람이]

보람아, 추운데 몸은 건강하게 잘 지내니?

이번에 뉴욕에 다녀온 언니와 준영이에게 네 소식은 잘 들었다.

둘 다 이구동성으로 하는 말이 보람이가 달라졌다는 것이었다.

구체적으로는 "무섭게 짠순이가 됐더라.""각오를 단단히 하고 살아가는
사람 같더라.""물질적으로도 정서적으로도 너무 팍팍하게 사는 것 같더
라.""마치 전투하듯이 생활하는 것 같더라."는 등의 말이었다.

특히 언니는 "보람이가 앞으로 졸업할 때까지 유학 생활을 잘 해낼 것
같더냐?"는 아빠의 물음에 이렇게 말했어.

"아마도 그럴 거예요. 도중에 쓰러지거나 스스로 무너지지만 않는다면요."

언니의 이 말은 네가 그렇게 생활하다가는 나중에는 힘에 겨워 제풀에
무너질 수도 있지 않을까? 라는 염려가 배어 있는 말이었어.

엄마 아빠는 두 사람이 전하는 그와 같은 말을 들으면서 마음이 짠하게
아파옴을 느꼈다.

네가 어려운 형편에 미국에 유학을 가서 물질적으로나 정신적으로나 고
생을 많이 하고 있다는 생각이 들었기 때문이다.

특히 엄마가 너의 고생에 마음 아파하는 모습이었다.

하지만 아빠는 그러한 말을 들으면서 말했어.

"암, 당연히 그렇게 해야지. 고난을 참고 견디며 그것을 이겨내고야 말겠

다는 그러한 마음의 각오가 없다면 앞으로 4년간의 유학 생활을 어떻게 견뎌낼 수 있겠어."

"경제적인 측면에서도 극기에 가까운 절약을 해야 하겠지만 돈 문제를 떠나서도 공부와 일상생활 등 모든 면에 있어서 반드시 성공하고야 말겠다는 각오를 돌덩이처럼 다지면서 살지 않으면 안 돼."

말은 이렇게 했다만 아빠 역시 네가 안쓰럽고 너에게 보다 여유롭게 해주지 못하는 처지가 미안하기 짝이 없구나.

보람아.

아빠는 네가 현재 살아가는 마음가짐과 자세는 그 정도면 합격선이라고 생각해.

그래서 이 편지를 통해 혹시 네가 아직 미처 생각하지 못하거나 혹은 생각할 마음의 여유가 없지는 않을까 염려되는 중요한 것에 대해 한마디 충고를 하고 싶어.

그것은 창의성에 대한 것이야.

지금 네가 하는 생활 태도는 바람직하긴 하지만 그것만으로 너의 성공이 보장되는 것은 아니야.

너를 성공으로 이끌 수 있는 것은 독특한 창의성과 기발한 생각과 남과는 다른 접근법 등이야.

특히 네가 배우고 있는 디자인 분야가 다른 학문 분야보다도 더욱 그래.

창의성은 내핍생활과는 상관없이 평소 창작에 대한 많은 생각과 유연한 사고 등으로부터 길러지는 거야.

아울러 그러한 것은 좋은 책과 글들을 많이 읽는 생활 습관을 통해 길

러질 수 있는 인문학적 교양에서부터 나올 수 있는 것이고 무한한 상상력에서부터 잉태되는 것이기도 해.

따라서 많이 상상하고, 많이 읽고, 많이 생각하는 생활을 하라고 권하고 싶어.

경제적으로나 정신적으로나 각박하게 살면 정작 중요한 것을 놓쳐버릴 수도 있어. 즉, 사고의 유연성과 창의성 그리고 남과는 다른 아이디어 등이야.

그래서 경제적으로는 다소 힘들더라도 정신과 정서마저도 힘들게 몰아붙이지는 말라고 권하고 싶어.

정신적으로 너무 힘들면 아무것도 생각하기 싫어질 수도 있고 결과적으로 네가 창의성을 발휘하는데 장애가 될 수도 있지 않을까를 염려해서 하는 말이다.

힘들더라도 하루하루를 재미있게, 콧노래를 부르듯이 일상을 즐기면서 살았으면 좋겠어.

그리고 어려운 일이 있으면 혼자 참지 말고 언제든지 엄마와 상의해라.

2009년 정초에 아빠가

[훈이]

훈이 이름에 대한 설명.

우리 집안의 너희 세대의 돌림자는 원래 환(불꽃 煥)이다.

그래서 큰집 할아버지 댁이나 봉림 할아버지 집 그리고 봉림의 종손인

주환 형제들이 대개 돌림자인 환자를 쓰고 있다.

참고로 아빠 세대의 돌림자는 동(동녘 東)이고 할아버지 세대의 돌림자

는 영(길 永)이고 증조할아버지 세대의 돌림자는 석(클 碩)이다.

따라서 너와 혁이 이름을 지을 때도 원칙대로 하면 환이라는 돌림자를

따라야 하지만 할아버지는 외자 이름을 선호하셨다.

그래서 외자 이름을 지으면서 돌림자에서 불 화(火) 변만 따와서 큰 집

형은 혁(爀, 붉은 혁), 너의 이름은 훈(熏, 향을 피울 훈)으로 지은 것이다.

너의 이름을 훈이라고 지은 이유는 네가 태어난 시(時)와 이름의 한자 획

수가 서로 조응하도록 고려한 데다 훈이라는 뜻이 좋았기 때문이다. 할

아버지는 활활 타오르는 의미보다는 오래 지속되면서 주위에 향을 발산

하는 삶을 살기를 원하셨던 것 같다.

훈아, 지금은 3월 13일 목요일 밤 9시 반이고 아빠의 연구실이야.

조금 전 대학원 야간 수업을 마치고 연구실로 돌아와 무엇을 정리하다

갑자기 네가 보고 싶어서 이렇게 편지를 쓴다.

자식들

어떻게 지내니?

지금쯤 훈련병의 기합이 많이 들어 있겠구나.

일본 작가 고미카와 준페이의 소설 『인간의 조건』을 보면 인간이 동물에서 인간으로 진화하는 데는 수십 만년이 걸렸지만, 인간에서 동물로 퇴화하는 데는 불과 1, 2개월로 족하다는 구절이 나오지.

주인공이 관동군 졸병으로 근무하며 겪었던 고생과 배고픔 그리고 비인간적인 군대문화 등을 빗대어서 한 말이지.

아빠는 1974년에 창원 39사단에서 훈련을 받았고 최전방에서 군대 생활을 했는데 당시 훈련을 받으면서 이 소설의 내용을 많이 생각했어.

그때 아빠는 "나는 지금 어느 단계에 와 있는 것일까"를 스스로에게 묻곤 했지.

그 당시에는 일본 군대의 잔재가 많이 남아있어 폭력이 난무했고 배식조차도 부족해 늘 배가 고팠으며 육체적 정신적으로 힘들었어.

하지만 단언컨대 그 과정을 통해 아빠는 정말 강한 남자로 거듭났다고 말할 수 있어.

실제 아빠는 군대에 가기 전에는 등산 같은 것은 해보지도 않았으며 조깅은 말할 것도 없고 집안에서 하는 간단한 맨손 체조도 하지 않았던 게으른 청년이었어.

하지만 군대 생활 후 아빠는 늘 남과의 경쟁 이전에 스스로와 싸워 이기려는 사람이 됐지.

청년에게 있어 군대 생활이 결코 젊음을 썩히는 기간이 아니라 그것을 적극적으로 받아들이고 능동적으로 적응해 나가기만 하면 인생 전체에

일곱 번의 좌절

도움이 될 보약 같은 기간이 될 수 있다는 것을 아빠는 직접 체험을 통해 깨달았어.

그래서 너에게도 가급적 현역으로, 그것도 힘든 병과를 선택해서 가라고 권유하고 한 거야.

하지만 군대에 보내놓고 나니 아빠는 날씨가 춥거나 비가 오거나 바람이 불거나 너를 생각하게 되는구나.

추운 날씨에(병영 안의 기온은 늘 바깥보다 더 추운 법이지) 잘 견디는지, 힘들지는 않은지, 훈련병 동기생과는 잘 융합이 되는지 늘 걱정이구나.

물론 아빠는 안다. 요즘 군대는 옛날과는 달라서 불합리한 구타나 기압이나 비인간적인 대우는 없다는 것을. 하지만 그것은 옛날 기준으로 보면 그렇다는 것이고 옛날을 경험해보지 못한 요즘 청년의 입장에서 보면 요즘이 늘 힘든 법이지.

그렇기 때문에 아빠는 네가 훈련병 과정을 통해 참으로 많은 것을 느끼고 인생 공부를 많이 할 수 있다고 생각하는 거야.

너의 입장에서 보면 지금 네가 하는 훈련병 과정이 옛날 아빠가 느꼈던 훈련병 과정의 힘듦과 별반 다름이 없을 것이라고 보기 때문이야.

힘들더라도 즐겁게 그것을 받아들이고 능동적으로 극복해 나가기를 바란다. 지금 네가 겪고 있는 그것도 또 하나의 성숙과 성장의 과정이거든.

아빠도 그동안 매일 매일 무척 바빴어. 너도 알다시피 아빠는 왕초보 교수잖니.

수업 준비하는 것만도 벅찬데 학교 인사 부서와 교무부서 등이 신임 교수들에게 요구하는 각종 서류 만들어 내고 연구실 배정받아 책장과 책상 집기 정리하고 동아일보와 집에 있던 아빠의 책과 물건들을 연구실로 옮기고….

거기에다 옛 직장과 새 직장의 여러 사람과 인사를 나누고 친교도 해야 하고.

아빠의 연구실은 새로 지은 건물의 4층인데 건국대 내의 큰 호수인 일감호가 내려다보이는 아담한 방이야.

이제 연구실 정리가 끝나 제법 근사한 방이 되었어.

무엇보다 너에게 보여주고 싶구나.

아빠의 강의는 아직 원숙하지는 못하지만, 열정적이고 콘텐츠가 있어 학생들이 좋아하는 것 같아.

동아일보의 동료들은 물론이고 아빠를 아는 모든 사람 사이에 아빠는 지금 화제의 인물이 되어 있어.

언론계에서 26년을 근무하고 이제 은퇴를 앞둔 50대 중반의 간부가 대학 교수로 임용돼 새로운 인생을 시작했다는 것이 예사롭지 않기 때문이지.

몇몇은 아빠를 부러워하면서도 스스로는 아빠가 겪은 그 과정을 도저히 따라 할 수 없을 것 같다고 말하기도 해.

하지만 아빠는 그렇게 생각하지 않아. 누구나 할 수 있어. 단지 그들은 의지가 부족하거나 혹은 절박해지지 않아서 하지 않을 따름이지.

훈아.

아빠는 네가 늘 자랑스럽다.

너는 매사를 늘 스스로 하고 간섭받지 않으려고 하잖니. 그러면서도 늘 남들이 놀라는 결과를 만들어 내잖니. 그 점은 아빠와도 유사한 것인데

일곱 번의 좌절

그것은 아마도 아빠의 피가 너의 몸속에 흐르고 있는 까닭일 거야.

엄마와 누나들 역시 너를 무척 자랑스러워하고 있다.

잘 견디고 그 과정을 통해 많이 성숙해라.

또 편지할게.

2008년 3월 13일

늦은 밤 연구실에서 아빠가

◆ 훈이가 네 살 때 그린 그림. 아빠는 조그마하게, 자기는 크게 그렸다.

우리 집에는 한때 또 하나의 가족이 있었다. 홀트아동복지회 소속이었던 소문수이다. 문수는 20여 년 전에 우리 집에 왔다가 약 5년 뒤에 홀연히 떠나 버렸지만, 우리 가족이나 다름없는 아이였다. 집에는 아직도 문수와 함께 찍은 가족사진이 많이 남아있고 우리 애들은 가끔 문수와의 추억을 이야기한다. 다음은 문수가 떠난 뒤 내가 그 애를 추모하며 쓴 글이다.

2007년 12월 31일.

28일 금요일 강남에서 외대 모임을 마치고 밤 11시 반경 귀가하니 거실에 앉아 있는 세 모녀의 분위기가 영 시원찮았다. 아름이와 보람이는 얼굴이 일그러져 있었고 눈시울은 붉어져 있었다. 그리고 눈물을 닦아낸 듯한 휴지가 주위에 널려 있었다. 아내는 두 아이의 가운데 앉아서 말없이 빨랫감을 접고 있었다. 한눈에도 두 자매가 한바탕 싸우고 난 직후인 듯했다.

"한바탕 싸운 분위기군." 한마디 내뱉고는 안방으로 들어가 샤워까지 하고 나왔는데도 그 모습 그대로들 앉아 있었다. 짜증 섞인 목소리로 "이제부터 아빠가 TV를 볼 테니 모두 각자의 방으로 들어가라"고 말했으나 반응이 없었다. 아내에게 "내일 대구에 가기로 한 것은 어떻게 할 거냐"고 묻자 그제야 아내가 한마디 했다.

"여보, 문수가 죽었어요."

일곱 번의 좌절

연말과 신정 연휴를 맞아 대구 처가댁에서 며칠간을 보내기로 한 터였다. 그래서 콘도나 대구에 갈 때마다 그랬던 것처럼 문수를 데리고 가기로 하고 홀트 어린이집 측에 연락해보니 문수가 죽었다고 알려주더라는 것이다.

사실 문수를 한동안 데려오지 못해 식구들이 모두 보고 싶어 하던 차였다. 그런데 문수가 죽었다니….

그것도 이미 한 달도 더 전인 지난 11월 24일 죽었다는 것이었다. 홀트의 문수가 소속된 방인 '영광반' 담당자 아주머니는 문수가 지난달 24일 토요일에 설사증세를 보여 병원으로 데려갔으나 병원에 도착하기 전에 이미 호흡곤란으로 숨져 있었다는 것이다. 그리고 월요일인 26일 벽제화장장에서 화장했다는 것이다.

그 아주머니는 자신도 문수가 죽은 것을 월요일 출근해서 알았다고 말했다. 아주머니의 말을 종합해 유추해보면 문수는 평소에도 설사를 자주 해 주말 담당자가 대수롭지 않게 생각해 제때 조치를 못 했던 것 같았다. 홀트 내에는 담당 의사가 있으나 주말인지라 내부 의사도 비번이어서 아무런 조치도 취하지 못한 상태에서 아이가 거의 사경에 빠진 후에야 급히 앰뷸런스로 병원으로 후송했던 것 같았다.

"아무리 그렇지만 사후에라도 우리에게는 알려주었어야지."

나는 도무지 이해할 수 없다며 아내에게 경위를 물어보라고 다그쳤다. 아내의 말로는 영광반 담당 아주머니는 문수를 화장한 후에야 자신도 그 사실을 알았으며 그 직후에는 경황이 없어 연락을

못 했다가 11월 말경에 아내에게 전화했던 모양이다. 그런데 아내
는 다른 일 때문에 바빠 나중에 연락하겠다고 말했고 그 뒤 무심
코 넘겨버렸다는 것이다.

그리고 12월 초에 아버지가 위독해 급히 내려오라는 연락을 받
고 창원으로 가던 중 다시 아주머니의 연락을 받았던 모양이다.
그때에도 아내는 매년 연말에 의례적으로 해오던 위탁보호자 모
임에 대한 안내 연락인 것으로 생각하고 시아버지가 위독해 시골
로 내려가는 중이라고 말했다는 것이다. 그러자 그쪽에서 무언가
말을 할 듯하다 그냥 전화를 끊었다는 것이다.

이번에 아내가 연락하자 그 아주머니는 미안해하며 "크리스마
스 때에는 연락이 올 것이고 그때 자연스럽게 알려줄 생각을 했는
데 이번에도 연락이 안 와 시아버지의 일로 경황이 없는 모양이라
고만 생각했다"고 말했다.

자정이 지나 뒤늦게 훈이가 귀가했다. 훈이 역시 문수의 죽음을
전해 듣고 충격이 큰 모양이었다.

새벽 한 시 반 경에 온 식구가 거실에서 묵주기도를 올렸다.

문수로 인해 우리 가족이 행복했다는 것과 부디 문수의 영혼을
하늘로 거두어주시기를 비는 기도였다. 아내와 아이들은 눈물을
멈추지 못했다.

아내는 문수에게 좀 더 관심과 애정을 보내지 못했던 것이 못내
걸린다며 우리의 무심을 용서해달라고 빌었다. 또 문수를 영원히

일곱 번의 좌절

잊지 않으리라는 것과 문수가 우리 가족에게 준 기쁨과 웃음을 오래오래 기억하겠다고 기도를 통해 다짐했다.

다음 날 아침 "홀트에 문수의 유품이라도 있는지 특히 화장장에 문수의 명복이라도 빌어줄 흔적이라도 있는지 물어보라"고 아내에게 재촉했다. 만약 흔적이라도 있다면 대구에 가는 길에 식구들이 모두 화장장에 들여 문수를 추도라도 하고 싶었기 때문이다.

그러나 담당 아주머니가 홀트 측의 사무실 관계자에게 물어본 뒤 전화로 답해준 바에 따르면 홀트 어린이집의 영광반에는 더 이상 문수의 유품은 없으며 벽제화장장에도 무연고자들의 산골 장소에 뼛가루를 뿌렸기 때문에 아무런 흔적도 기록도 남아있지 않으니 가지 않는 게 좋을 것이라는 말이었다.

사실 문수의 유품은 우리 집에 더 많이 남아있는 셈이다. ES 콘도와 대구 등지의 여러 곳을 여행하며 찍은 수많은 사진이 있으며 문수의 속옷, 기저귀, 양말 등이 서랍에 남겨져 있을 것이다. 그리고 아내와 아이들의 휴대전화와 컴퓨터의 초기 화면도 문수의 얼굴 사진으로 만들어져 있는 것이다.

이날 대구로 내려가는 차 안에서도 아내와 아름이는 눈물을 멈추지 못했다. 아름이는 휴게소에서 점심을 먹는 도중에도 눈물을 주체하지 못해 음식을 넘기지 못했다. 아마도 문수가 있었더라면 음식을 향해 달려들었을 것이고 적게 먹이기 위해 한바탕 실랑이를 벌였을 것을 생각한 듯했다. 그리고 아내는 승용차의 CD에서

'떠나가는 작은 새 같은 그대여, 부디 뒤돌아보지 말고 잘 가라'는 가사의 노래가 흘러나오자 하염없이 울고 있었다.

아내는 대구의 처제에게 토요일 저녁 미사를 가자며 성당에 문수와 시아버지의 연미사를 신청해 달라고 부탁했다. 이날 저녁 7시 반, 대구 처가댁 근처의 성당인 성서성당에서 미사를 올렸다. 집전 신부님이 미사 전 나열한 연미사 대상자 명단의 맨 마지막에 '소문수'와 '정우영'이 불리어졌다.

미사도중 하느님께 간절히 빌었다. '문수와 아버지의 영혼을 축복해 주시라'고. 나는 그리고 문수에게 부탁했다. "부디 아버지를 잘 인도해서 가 달라"고. 나는 생각했다. 문수는 하늘에서 잠시 내려왔던 천사이니 당연히 하늘나라로 되돌아갈 것이며 아버지가 돌아가시기 2주 전에 숨진 것은 아버지를 모셔가기 위한 것이었을 것이라고.

일곱 번의 좌절

소문수.

우리가 이 아이를 처음 만난 것은 2002년 봄쯤이지 싶다. 아내가 일산 백석동성당의 레지오 활동을 통해 홀트 어린이집에 봉사활동을 갔다가 당시 4살이던 문수를 만난 것이다. 홀트 어린이집은 부모로부터 버림받은 지적 장애 어린이들을 돌보는 곳이다. 이곳의 어린이들은 주로 다운증후군이나 자폐증을 앓고 있어 정상적인 성장을 못 하는 아이들이다.

문수는 미혼모가 낳은 아이로 병원에서 아이만 낳고 산모가 사라진 것으로 전해진다. 소문수라는 이름만 남기고 갔다는 것이다. 태어나자마자 부모로부터 버림받은 문수는 바로 홀트 어린이집으로 옮겨진 듯하다.

그런데 이 아이는 심한 자폐증이어서 절대 사람의 눈을 바로 바라보는 법이 없다. 사람의 눈을 쳐다보지 않으니 말을 배울 수가 없어 말을 못한다. 게다가 이 아이는 선천적으로 위가 미성숙하여 어른 손가락만 한 위를 가지고 태어났다. 따라서 조금만 음식을 많이 섭취하면 소화를 시키지 못해 관장해서 빼내어야 한다. 따라서 음식을 많이 먹이는 것은 아이에게 치명적인 고통을 주는 일이 되는 것이다.

그런데도 버림받은 아이들이나 애정 결핍의 아이들이 흔히 그렇듯이 문수도 음식에 대해서는 병적으로 집착하는 편이었다. 끊임없이 먹을 것을 달라고 칭얼대고 그 실랑이에 못 이겨 조금 더 먹이다 보면 소화를 못 해 배가 산더미처럼 부풀어 오르는 것이다.

문수는 평소 스스로 변을 보지 못해 자주 관장으로 속에 있는 변을 한꺼번에 빼내곤 했다. 따라서 평소에는 늘 얼굴이 새파랗게 질려 있다가 관장을 한 뒤에는 잠깐 얼굴에 혈색이 돌아서는 식이었다. 이 아이는 현재 9살이다. 그런데도 성장이 더뎌 외형상으로는 마치 5살짜리 아이와 같다.

문수의 모습은 마치 영화 〈E.T.〉에 나오는 외계인을 연상시키는 측면이 있다. 얼굴은 크고 배는 항상 불룩하게 부풀어 있고 다리는 발달하지 못하고 아주 가늘어 걷기에 위태로워 보일 정도였다.

하지만 이 아이는 아주 잘생긴 얼굴을 갖고 있었다. 자폐아들이 흔히 그렇듯이 예쁜 얼굴에 눈망울은 또 어떻게 그렇게 큰지. 그 아이의 눈망울은 깊고 검은 눈동자에 흰 눈자위가 선명히 대비되어 마치 신비로운 호수나 하늘을 보는 듯했다.

아내가 문수의 위탁모로 등록하고 그 아이를 처음 집에 데려왔을 때를 나는 잊지 못한다. 밤늦게 귀가하니 기저귀를 차고 잘 걷지도 못하는 어린아이 하나가 집에 와 있었다. 아내와 아이들이 모두 귀엽다며 서로 안으려고 경쟁을 벌이고 있었다.

내가 "이리 와 봐"하며 손을 벌리자 그 아이는 얼굴을 옆으로 획 돌리며 외면했다. 마치 "별 우스운 녀석 다 보겠네"라는 표정이었다. 조금이라도 낯설거나 분위기가 익숙하지 않은 사람과는 본능적으로 접촉을 피하는 듯했다.

그 뒤 문수는 우리 집에 평균 2~3주에 한 번씩 왔다. 토요일 낮에 데려와 일요일 저녁에 데려다주는 식이었다. 그 녀석이 오는 날은 온 집에 비상이 걸렸다.

첫째, 책이나 서류는 문수의 손이 닿는 곳에서 모두 치워야 했다. 서류함에 든 서류나 사진은 물론이고 책도 손에 잡히는 대로 찢었기 때문이다. 아마도 종이를 찢는 행위에서 즐거움을 느끼는 듯했다. 또 성모상이나 십자가, 작은 인형이나 장식물은 모조리 입에 넣고 빨았다가 던져 버리기 일쑤였다.

둘째, 온 집의 온갖 스위치는 문수의 장난감이었다. TV와 오디오 실내등의 스위치를 하루 종일 껐다, 켰다 하며 반응이 오는 것을 즐겼다. 아무리 말려도 막무가내인 것은 물론이다.

셋째로 정작 문제는 다음 날 새벽이었다. 새벽 5시경이면 일어나 온 집을 돌아다니며 스위치를 켜고 알아듣지도 못하는 소리를 질러대면서 일요일 아침의 단잠을 깨우는 것이었다. 모두 짜증을 내고 불평을 해대면서도 어쩔 수 없는 노릇이었다. 아내는 문수가 오는 일요일 아침마다 문수를 데리고 거실에서 자면서 자다가 깨다가를 되풀이할 수밖에 없었다.

넷째로 문수와 먹는 것과의 전쟁을 벌이는 것도 큰 문제였다. 이 아이는 쉴 새 없이 먹을 것을 요구했고 안주면 끊임없이 칭얼댔다. 아이들은 간식을 먹을 때도 문수가 눈치 안 채게 자기들 방에서 몰래 먹어야 했다.

마지막으로 기저귀 갈기와 씻기기도 작은 일이 아니었다. 문수

기저귀 가는 일은 오물이 묻은 기저귀를 벗기고 부드러운 천을 빨아 엉덩이를 닦아주기, 그리고 파우더나 크림을 엉덩이에 발라주고 새 기저귀로 갈아주는 식이었는데 녀석은 배변을 자주 하지 못해 냄새가 지독했다. 그런데도 아이들은 그 일을 마다하지 않았다. 엄마에게는 까칠하기 일쑤였던 딸아이들이 문수 똥오줌 기저귀 가는 일은 큰 불평 없이 하는 것은 신기한 노릇이기도 했다.

그러나 문수가 오는 날엔 괴로움보다 즐거움이 더 많았다. 다들 문수 주위에 둘러앉아 어르고 장난치며 놀면서 즐거운 시간을 보낼 수 있었다. 녀석이 우리에게 준 것 중 무엇보다 귀한 것은 우리 식구들에게 따뜻한 마음을 심어다 주었다는 것이다.

문수를 쳐다보면 모두가 마치 하늘에서 내려온 천사를 마주 대하고 있는 듯한 묘한 느낌이 들곤 했다. 그래서 그 순간은 다들 마음이 착해지고 따뜻해지고 너그러워졌던 것 같다. 그래서 문수가 오면 잠도 못 자고 하루 종일 수발들기에 바빴지만 모두 그것을 감내하곤 했다. 모두 한동안 문수를 못 보면 궁금해하고 데려오라고 재촉하곤 했다.

문수는 집 안에 있는 것보다 밖에 나가는 것을 좋아했고 그중에서도 차 타는 것을 무척 좋아했다. 그 또래의 아이들은 차를 타면 곧 잠을 자게 마련인데 문수는 몇 시간이나 차창 밖의 시시각각으로 변하는 모습에서 도무지 시선을 떼지 못했다.

녀석은 차 앞자리를 좋아하지 않았다. 키가 너무 작아 앞자리에서는 아내가 안고 있어도 차장 밖의 경치가 잘 보이지 않았기 때문이었다. 대신 녀석이 가장 좋아한 자리는 뒷자리 가운데의 팔걸이였다. 팔걸이를 뒤 등받이에서 빼내어 그 위에 녀석을 올려놓고 양옆에서 붙잡고 있으면 녀석은 끊임없이 혼자서 소리치고 떠들고 손뼉치기를 계속했다.

우리 가족이 일산 장항동 호수마을 롯데아파트에 살 때 문수는 우리 아파트 주민들 사이에 유명 인사였다. 어쩌다 한 번씩 나타나는 녀석이 아파트 주차장에서 하도 생떼를 부리는 바람에 주민들이 다 알게 된 것이다.

녀석은 차에서 내려 집 안으로 들어가는 것을 끔찍이도 싫어했다. 그래서 우리 아파트 주차장에서는 울며불며 집으로 안 들어가려는 녀석과 억지로 붙들고 들어가려는 아내와의 사이에 실랑이가 벌어지기 일쑤였다. 그러면 녀석은 주차장 바닥에 드러누워 버리는 것이었다.

땅바닥에 드러눕기는 그 녀석의 주특기이기도 했다. 재작년 구정 무렵인가 대구 처가댁에 갔다가 우리 식구와 처제네 식구들이 같이 영덕으로 대게를 먹으러 간 적이 있었다. 도중에 동해를 조망하는 전망 탑이 있는 공원에서 잠시 휴식을 취하려고 내렸을 때 녀석의 주특기인 울며불며 맨바닥에 드러눕기가 시작됐다.

이번에는 버릇을 고쳐놓자는 생각에서 아무도 달래지 않고 내버려 두었다. 당연히 누군가가 달려와 달래줄 것으로 기대했던 녀석은 아무도 달래주지 않자, 모두가 차에 타고 출발하려는 순간까지도 칭얼대고 있었다. 그대로 내버려 두고 차가 출발하자 이번에는 온 세상이 떠나갈 듯 울기 시작했다. 녀석의 대성통곡은 차에 태우자마자 곧 수그러들었지만.

◆ 소문수와 가족 여행

◆ 소문수와 엄마와 큰 누나

일곱 번의 좌절

문수는 5년 이상을 우리와 '또 하나의 가족'으로 지냈다. 그 사이 녀석의 나이도 9살이 됐고 홀트에서도 성인 장애인들로 구성된 '영광반'으로 옮겼지만, 녀석의 성장 지연은 그대로였다. 여전히 말을 못 했고 글자를 깨치지도 못했다. 그리고 기저귀도 여전히 차고 있어야 했다.

그러나 그사이에 발전도 적지 않았다. 녀석은 우리 집에 드나든 지 일 년쯤 지나자 더 이상 '아빠'인 나를 외면하지 않았다. 그리고 어쩌다 내가 문수를 데리러 가면 나를 보자마자 쪼르르 달려와 안겼다.

특이한 것은 녀석을 홀트로 데려다줄 때의 일이다. 한 번도 돌아가기 싫다며 보채는 법이 없이 매번 순순히 미련 없이 자기 집의 소속 방으로 되돌아가곤 했다. 문수는 올해부터는 대소변 가려보기를 훈련해 변기 앞에 세워두고 '쉬'를 연발하면 소변을 봤다. 또 변기에 앉혀두면 울고불고하면서도 더러 대변을 보기도 했다.

녀석의 발전 중 두드러진 것은 무엇보다 말귀를 알아듣는다는 것이었다. "밥 먹자"는 말은 금방 알아들었고 리모컨 등 무엇을 갖고 오라는 말도 제법 알아들었다.

전해 들은 말에 따르면 홀트에서는 그동안 여러 차례 문수를 해외에 입양시키려 했던 모양이다. 그러나 장애 정도가 심해 해외에서도 입양을 받아줄 사람이 없었던 모양이다.

그동안 우리 부부도 문수의 입양을 고려한 적이 있었다. 가족들 모두가 녀석을 좋아했고 정이 너무 들었기 때문이다. 그러나 고려는 고려로만 끝났다. 이성적으로 판단할 때 도무지 불가능했다. 이미 대학을 졸업했거나 다니고 있는 1남 2녀의 자녀를 두고 있고 이제 곧 은퇴할 때가 다가오고 있는 내 나이와 모아둔 재산도 거의 없어 불투명한 나의 노후를 고려할 때 문수를 오래오래 책임져 줄 자신이 없었다.

문수의 죽음을 전해 듣고 아내가 특히 비통해하며 자책감에 사로잡힌 것은 지난 여름휴가 이후에 문수를 한 번도 집에 데리고 오지 못했다는 점 때문이었다. 지난 여름휴가 때 ES 리조트에서 문수가 한밤중에 울고불고하며 새벽 4시경까지 잠자기를 거부해 우리 식구와 처가 식구들이 모두 한바탕 곤욕을 치렀다.

그때 내가 "책임도 못 질 것을 데려와 모두에게 고통을 준다"며 아내와 한밤중에 언성을 높이고 싸운 후 아내는 문수를 선뜻 데리고 오기가 망설여졌던 모양이다. 그리고 그사이 아버지의 병환으로 신경이 온통 한쪽으로 쏠려 있었고 11월 이후에는 매 주말 창원으로 간병을 가는 바람에 문수에게 너무 소홀했던 것이다.

그사이에 말도 못 하는 그 녀석은 자주 설사하며 서서히 죽어가고 있었던 모양이다. 아마도 녀석은 무의식중에 우리 가족이 자기를 찾아와 주기를 바라며 매주 주말 기다렸을지도 모른다. 우리 가족이 다들 자기 일에 바빠 녀석에게 무심했던 그 기간 동안.

소문수.

아내는 울먹이며 혼자 중얼거렸다. "그렇게 먹고 싶어 하는데도 먹지도 못하고 말도 못 하고… 하늘나라로 가는 게 너한테는 더 나을 것"이라고. 아마도 아내는 그렇게 생각하며 그동안 문수에게 소홀했던 자신에 대해 자위를 하는 듯했다.

그러나 한편으로 생각하면 실제로 그랬을지도 모른다. 하늘나라에서 세상을 구경하러 왔다가 이제 그만 돌아가고 싶어 아무 말도 없이 돌아가 버렸는지도 모른다. 우리 가족에게 귀한 사랑을 남겨주고….

사실 하늘의 호수같이 순수 무구한 녀석에겐 이 세상이 맞지 않을 것이다. 너무 탁하고 각박하고 무심한 곳이라서.

잘 가라 문수야. 작은 새같이 애처롭고 새털같이 가볍고 천사같이 착한 녀석아. 우리는 오래오래 너를 기억할게.

가족을 대표해서 아빠가.

| 은퇴 생활 |

나는 2018년 8월 31일에 건국대에서 만 65세로 정년퇴직했다.
그 이후에는 책 보고 공부하고 산책하고 술 마시며 은퇴 생활을
보내고 있다. 내가 사는 서판교는 전체가 공원처럼 되어있어 산책
이나 속보 걷기를 하기에는 최적의 환경이다.

나는 매일 저녁 식사 후에는 운중천 산책로를 따라서 8km씩을
한 시간 반 동안 속보로 걷는다. 꼭 건강을 위해서라기보다 그 자
체가 즐거움이기 때문이다.

나는 종종 주변 사람들에게 인생에서 가장 좋은 직업은 백수라
고 말하곤 한다. 실제로 먹고 살 것만 있고 큰 욕심을 안 낸다면
은퇴 생활만큼 좋은 시기가 없지 싶다.

늘 편하고 여유롭다. 좋은 음식 좋은 술에 대한 욕심을 버리면
술도 마음껏 마실 수 있고 즐길 수 있다. 큰돈 들이지 않고 친구들
을 불러내 술과 밥을 살 수도 있다.

나는 평소 아내나 지인들에게 입버릇처럼 "가능하기만 하면 평생 친구들에게 밥과 술을 사면서 살고 싶다"는 말을 해왔다. 매번 꼭 그렇게 하는 것은 아니지만 가급적이면 내가 돈을 내려고 하고 있다. 설혹 친구가 답례를 못하더라도 내가 다시 술을 사려고 하는 편이다. 뭐 대단한 의식을 가지고 그렇게 하는 게 아니라 그게 편하고 좋아서이다.

길거리에서나 지하철 역사 내에서 누군가 구걸하고 있으면 대개 그냥 지나치지 않는다. 지갑에 돈이 있으면 만 원짜리 한 장을 건네고 지나가는 편이다. 그 역시 무슨 의지를 가진 자선 행위가 아니라 그냥 지나치고 나면 스스로가 불편해지기 때문이다.

식당에서도 물론이다. 친구들과 술을 마시면서 서빙을 하는 종업원들에게 만 원짜리 한 장을 건넬 때가 많다. 물론 서빙을 좀 잘 해주기를 기대하는 측면도 없지 않다. 하지만 종업원 아주머니들이 팁을 기대하고 있다는 것을 알면서 모르는 체하는 게 스스로 불편해서다.

훈이와 식당에 갔다가 종업원 아주머니에게 팁을 주라고 했는데 현금이 없다고 하길래 내가 돈을 빌려주면서 팁을 주라고 한 적도 있다. 요즘 젊은 사람들은 지갑에 돈을 넣고 다니지 않고 카드와 디지털 금융으로 해결하는 모양이다. 나는 아들에게 지갑에 지폐 몇만 원은 항상 넣고 다니라고 충고하면서 "그 돈은 네가 쓰기 위한 것이 아니라 남에게 주기 위한 용도"라고 한 적이 몇 번

있는데 녀석이 나의 충고대로 하고 있는지 모르겠다.

나는 남수단 어린이 돕기와 우크라이나 전쟁고아 돕기에도 참여해서 매달 몇만 원씩의 돈이 통장에서 자동으로 빠져나간다. 이역시 자선이라기보다는 그렇게 하는 게 스스로 마음이 편하기 때문이다. 이렇게 '남에게 주는 돈'은 모두 합쳐도 매달 얼마 안 되는 돈이다. 지인들과 밥이나 술을 한번 먹었다고 생각하면 되는 정도의 금액일 뿐이다. 결국 생각하기 나름이고 습관 들이기 나름이다.

나의 부친은 같이 식당에 가면 늘 지나치다 싶을 만큼 종업원에게 친절한 편이었다. 그래서 가끔 나는 속으로 '이 영감님이 밥 먹으러 왔는지 종업원에게 아부하러 왔는지' 헷갈릴 때가 있었다. 아버지는 종업원이 다소 불성실하게 행동해도 결코 나무라는 법이 없었다. 반면 친절하고 공손하게 행동하면 너무 고마워하면서 칭찬하는 것이었다. 내가 보기에는 칭찬이 아니라 거의 아부에 가까운 것이었다.

하지만 아버지는 종업원에게 팁을 주지는 않았다. 내가 생각건대 그 연배의 노인들은 한국 사회에서 인생 전체를 통해 팁을 주는 행동에 익숙하지 못했던 것으로 보인다. 나는 내가 식당 종업원에게 팁을 습관적으로 건네는 행위는 아버지가 종업원에게 잘대하는 것을 늘 보아온 데다 나 자신이 사회생활을 하면서 익숙해진 팁 문화가 합쳐진 것으로 생각한다. 나 역시 종업원들이 다소 잘못해도 나무라지 못하는 편이다.

희망컨대 우리 아이들이 어려운 사람들에게 작은 온정의 마음이라도 표시하면서 사는 사람이 됐으면 좋겠다.

　나처럼 여행을 좋아하는 사람에게 여행을 갈 수 있는 정도의 은퇴 생활은 축복일 것이다. 호화여행은 필요 없다. 오히려 짠 내 여행이 더 재미있을 수 있다. 마음 맞는 사람들끼리 여행 기간에 구애받지 않고 시간에 쫓기지도 않고 체력이 되는 만큼 다니는 여행은 노후의 삶을 가장 풍요롭게 만들어 주는 요인이 될 것이다.

　나는 해외여행은 주로 자동차 여행을 하고 한 번에 한 달씩의 여행을 한다. 은퇴 이후 지금까지 모두 4번의 여행을 다녀왔다. 2019년 말에서 2022년 중순까지는 코로나 기간으로 해외에 못 나갔던 것을 고려하면 자주 다닌 셈이다.

　대개 두 부부나 세 부부가 동행한다. 공항에서 예약해 둔 자동차를 픽업해 출발하면 자유라는 말의 실체가 느껴지고 미지의 풍광과 경험에 대한 기대로 마음이 설렌다. 이때는 마치 20대 청년으로 되돌아간 느낌이다. 어디로 여행을 가자는 목적지와 시기가 결정되면 대개 출발 4, 5개월 전에 완벽한 코스를 짜고 비행기와 렌터카 그리고 에어비앤비를 예약한다.

알곤퀸 주립공원께 캐나다
2018. 10. 1
7b 제안

◆ 처제가 그린 캐나다 앨곤퀸 주립공원 가을 풍경

　나는 그룹투어라고 하는 단체여행은 별로 좋아하지 않는 편이다. 단체여행은 묘하게 사람을 수동적이고 소극적으로 만드는 측면이 있다. 일단 여행 일정부터가 여행사에서 짜서 상품으로 제시하기 때문에 그대로 따라가기만 하면 된다. 그러다 보니 구체적인 여행 지역에 대한 사전 공부도 없이 그냥 가는 경우가 대부분이다.

　또한 여행 도중에도 가이드의 안내에 따라 버스에 타기만 하면 되기 때문에 현재의 위치가 그 도시의 어느 부분인지, 버스가 가고 있는 방향이 동서남북의 어느 방향인지도 모르고 실려 가고 오기가 일쑤다. 주체적인 여행자가 아니라 그냥 짐짝처럼 실려 다니게 되는 것이다.

　묘한 것은 여행에 대한 관심도 많고 외국의 역사와 문화 자연에 대한 호기심이 많은 사람조차도 단체 여행객의 일원이 되는 순간

소극적인 여행자로 변하고 마는 현상이다. 하기야 단체 여행은 모든 방문 현장에서 주어진 시간이 있기 때문에 주체적인 여행자가 되려고 해도 될 수 없는 취약점을 안고 있다.

반면 자유 여행은 여행지 선택과 일정 짜기부터 본인이 주체가 되어야 한다. 가고자 하는 지역에 대한 사전 공부와 점검이 필수가 되는 것이다. 숙소 선택과 방문지 그리고 하루하루의 이동 거리, 하루 세끼의 식사 문제를 고민하다 보면 사전 여행 계획을 짜는 단계에서부터 여행은 사실상 시작될 수밖에 없고 여행지에 대한 정보도 풍부하게 습득할 수밖에 없다. 당연히 여행에 대한 이해도와 여행지에서 얻는 감동도 단체여행과는 비교할 수 없을 만큼 커지는 것이다.

무엇보다 여행이 자유롭다. 때에 따라서 일정을 조정해서 하루를 쉴 수도 있고 좋은 곳에서는 하루 이틀 더 머물 수도 있다. 자유 여행의 가장 큰 장점은 여행지의 속살을 볼 수 있고 사람을 만날 수 있다는 점일 것이다. 단체 여행은 일정에 따라 움직이기 때문에 현지인과 개인적으로 접촉할 여지가 별로 없게 된다. 반면 자유 여행에서는 하고 싶고, 가고 싶은 모든 것을 본인의 선택에 따라 할 수 있게 된다.

우리 부부는 친구인 윤강수 씨 부부, 동서인 이우태 씨 부부와 함께 2019년 6월에는 미국과 캐나다의 서북부, 2022년 9월에는 알래스카와 캐나다 유콘주를 각각 한 달씩 여행했다. 이 여행들의 루트와 풍광, 감동 등은 이야기가 너무 길어지니 생략하도록 하자.

경비만 말하자면, 두 여행 모두 왕복 비행기 표를 포함해서 전체 일정에 1인당 각각 500만 원과 650만 원 정도가 들었다. 이들 지역의 그룹투어가 9박 10일 일정에 300~400만 원 정도인 것을 감안하면 그 세 배의 기간을 여행하고도 이 정도를 지출한 것은 지출 면에서도 매우 괜찮은 셈이다. 더욱이 이 비용은 남자들이 매일 마셔대는 술값과 과일 등 모든 간식 비용도 포함된 것이다.

◆ 2022년 가을 알래스카, 유콘 여행(왼쪽부터 정동우 김정애 부부, 처제 김제란, 이숙경 윤강수 부부, 동서 이우태 씨)

모든 일정에서 숙소는 에어비앤비를 이용했다. 그림 같은 주변 경치를 가지고 있는 단독주택을 통째로 빌려 우리만의 오붓한 휴식을 보내고 한식을 포함해서 먹고 싶은 음식을 마음껏 해 먹을 수 있다는 것은 비앤비의 큰 장점 중 하나다.

204

사실 숙소는 그 어떤 여행 경험에 못지않을 만큼 중요한 체험이고 여행의 큰 부분이다. 곳곳에서 현지 사람들이 꾸며놓은 집 안 모습을 비교해서 살펴보고 각각 다른 주방과 냉장고 세탁기 건조기 등을 이용하는 것도 재미의 하나다. 더구나 전망 좋은 베란다와 야외 식탁과 바비큐 시설을 갖추고 있고 전용 풀장을 가지고 있는 숙소도 많았다. 그 모든 것이 여행의 즐거움을 배가하는 요소가 됐다.

에어비앤비에 등록된 숙소는 대개 2층 단독 주택으로 1층은 거실과 주방, 식당, 화장실 하나가 배치되어 있고 2층은 방 세 개에 화장실 두 개인 경우가 많았다. 이러한 주택을 통째로 빌리려면 일행의 숫자가 6명인 경우가 가장 경제적이고 최소한 4명은 되어야 한다.

나는 앞으로도 내 체력이 허락하는 한 자동차 여행을 다닐 작정이다.

돌이켜보면 나는 재물복은 별로 없는 사람이 아닌가 싶다. 은퇴 시점까지도 모아둔 재산이 별로 없으니 그렇다. 2003년 초에 노무현 정권이 출범했다. 노 대통령은 취임 초기 거듭 다짐했다. 적어도 자기가 대통령을 하는 동안에는 부동산으로 재산을 불리는 일은 없을 것이라고. 다른 것은 몰라도 부동산 가격만은 잡아서 서민들이 더 이상 상대적인 박탈감을 느끼며 살도록 하지 않겠다고 말했다.

그때 나는 아이들이 고등학교에 다니고 있었고 과외 등으로 다소의 교육비가 들어 3천만 원 내외의 은행 빚을 안고 있었다. 회사의 부동산 담당 기자에게 물어보니 앞으로 이 정권 동안에는 아파트값이 오르지는 않을 것이라고 말했다. 그래서 집을 팔기로 했다. 일산 호수마을의 58평짜리 롯데아파트에서 살고 있을 때였다.

아내는 반대했다. 정부 말을 믿고 하나뿐인 내 집을 처분하는 것은 너무 위험하다는 취지였다. 하지만 집값이 오르지 않는다면 굳이 은행 빚까지 안고 그 집에 계속 살 이유가 없다는 것이 나의 판단이었다. 실제로 노 정권이 출범한 2월 이후 집값은 안정되어 있었다.

그해 6월에 아내를 설득해 집을 팔았다. 4억 9천만 원에 팔고 2억 2천만 원의 전세로 그 집에 계속 산다는 조건이었다. 그리고 7월부터 집값이 움직이기 시작하고 8월부터는 폭등하기 시작했다. 거의 한 달에 1천만 원씩 집값이 올라갔다. 정부에서 집값 대책을 내놓는 달에는 오히려 2천만 원씩 올랐다.

그 집에서 그대로 사는 사람의 입장에서는 미칠 지경이었다. 아내는 거의 멘붕 상태였다. 그 집은 결국 12억 원 정도까지 올랐다. 2년간의 전세 계약 기간이 끝나자 우리는 그 집에서 살 수가 없어 외곽의 대화마을로 옮겨갔다.

그 과정에서 아내는 남편만 믿고 있다가는 큰일 나겠다고 생각했던 모양이다. 판교 신도시에서 사람들이 거들떠보지도 않는 임대아파트를 잡았다.

당시 판교신도시는 로또라는 말이 과장이 아니었다. 경쟁률이 몇백 대 일이나 됐다. 그런데 분양 아파트뿐만 아니라 공공임대 아파트도 건설하게 했다. 노 정권의 서민 친화적 이념에 의한 정책이었지만 실제로는 서민 착취나 다름없는 것이었다.

대통령의 뜻이 아무리 서민 친화적이라고 하더라도 그 정책이 구체적으로 어떤 형태로 실행되는가를 점검하지 않으면 전혀 반대의 결과가 나타날 수도 있다. 그 정책의 소비자인 공공임대주택 입주자들은 아직 정해지지 않아 전혀 목소리를 낼 수 없는 상황에서 건설교통부 공무원들은 자신들의 파트너인 건설회사의 입장과 이익을 우선적으로 고려할 수밖에 없었을 것이다.

그 당시 판교의 민간 분양아파트는 32평형이 3억 3천만 원 정도에서 분양했고 바로 등기할 수가 있었다. 온전한 내 소유의 집이 되고 그 뒤에는 집값이 오르든 내리든 집주인의 득실인 것이다.

그런데 공공 임대아파트는 1억 5천만 원을 보증금으로 내고 10년 동안 월 1백만 원 가까운 월세를 내면서 거주한 뒤에 10년 뒤에는 원래의 시세가 아니라 현재의 시세로 분양해주겠다는 것이었다. 조건을 확인해본 사람들은 당연히 외면했다.

이렇게 해서 공공임대주택 당첨자 중에서 계약을 포기하는 사람이 속출했다. 결국 주택 소유 여부를 따지지 않고 줄만 서면 선착순으로 계약하는 사태가 벌어졌다. 그즈음에 아내가 지인의 소개로 그 선착순 줄에 서게 됐던 모양이다.

　바로 지금 우리 가족이 사는 서판교의 32평형 아파트이다. 우리는 결국 이 집을 10년 뒤인 2018년에 8억 원 가까이에 분양받았다.

　나는 넉넉하지는 못하지만 굶어 죽지는 않을 만큼의 연금을 받고 있다. 해외여행 경비를 감안하면 한 달 평균 100만 원 안팎의 적자가 발생하는 정도다. 하지만 적자를 면하기 위해 여행을 포기할 생각은 아예 없다.

　은퇴 후에 적자 생활을 하는 것에 대해 어떤 사람은 기겁하고 겁부터 먹지만 나의 계산법은 다르다. 설혹 지속적으로 적자가 발생해 일 년에 1,200만 원이 된다고 하자. 10년 동안 쌓여도 이자를 포함해서 1억 5천만 원 정도다. 아파트 방 한 칸을 줄여 옆 동으로 이사를 가겠다고 생각하면 모든 게 해결될 것이다.

　이제는 자식들도 경제적으로 독립을 했다. 자식들에게 물려줄 재산도 없지만 설혹 있다고 해도 내 노후의 삶을 위축시켜 가면서 자식들에게 물려줄 생각은 전혀 없다. 그리고 자식들도 그것을 원치 않을 것이다.

　아내는 요즘 국제 베이비시터 노릇을 하고 있다. 호주에 있는 똥강아지 녀석을 봐주기 위해서이다. 사부인과 아내가 3개월씩 교대로 베이비시터 노릇을 하러 날아간다. 나도 똥강아지가 보고 싶어 동행하는데 보름을 못 넘기고 혼자 돌아오기 일쑤다. 친구

없는 삶이 재미가 없기도 하고 갑갑해서다. 하지만 시드니에 가서 손자와 노는 순간만큼은 무릉도원이 따로 없고 도낏자루가 썩는 줄 모른다.

◆ 훈이와 이든이

◆ 어린이집에서 요구르트를 잔뜩 묻히고.

◆ 이모할머니가 그린 스케치

은퇴 생활

손자와는 주로 기차놀이도 하고 셰프 놀이도 하는데 늘 그 녀석이 기관사와 주방장을 독점하고 나에게는 뒤따라가는 객차나 음식 사 먹는 손님 역할만 돌아온다. 손자와 놀다가 혼자 귀국해 집에 오면 그 녀석이 보고 싶어 가슴이 아려올 때가 있다.

내가 우여곡절을 겪으며 장인어른과 싸우다시피 하며 아내와 연애하던 시절 이후 사람 때문에 가슴이 아리는 경우를 나는 거의 40, 50년 만에 경험하고 있다.

나는 친구들이나 내 동생보다도 훨씬 늦게 손자를 봤다. 손자 녀석이 이제 세 살이니 내 나이 만 67세에 손자를 본 셈이다. 그래서 그런지 손자에게 더 빠져드는 것 같다. 사람들이 늙으면 손자녀에게 애틋한 정을 더 느끼는 이유를 이제야 이해하고 있다. 앞으로 이 애가 잘 성장하도록 지원하는 것이 가장 보람 있는 삶이지 싶다.

이 글쓰기를 마무리하면서 아내에 대해 별도로 언급하는 것이 좋을지에 대해 나름 많이 생각했다. 사실 아내는 내가 객체화해서 언급할 수 있는 대상인지가 의문이다. 자식에 대해서는 아비로서 그들에 대한 내 사랑과 회한까지도 표현할 수 있지만, 아내는 좀 다르다. 아내는 어떻게 보면 또 다른 나 자신이기 때문이다. 아내가 좋으면 좋은 대로 싫으면 싫은 대로 그것은 나 자신에 대한 평가이기도 하다.

사실 우리 부부는 결혼 생활 전체를 통틀어 많이 싸웠고 이혼을 심각하게 고민한 적도 있었다. 의사가 일치하지 않아 다투었던 적이 많고 사소한 사안이 심각한 감정대결까지 비화되곤 했다. 특히 자식들이 청소년이었던 시절에는 자식 교육의 방법을 둘러싸고 늘 다투었다. 나는 애들이 모든 일을 스스로 하도록 하라는 입장이었고 아내는 그들이 지고 있는 짐이 너무 많기 때문에 웬만한 것을 부모가 대신 해주어야 한다는 입장이었다.

우리 부부의 의사 불일치와 다툼은 지금도 계속되고 있다. 우리가 연애할 때 가졌던 상대에 대한 순정과 열정을 생각하면 서로가 너무 많이 변한 측면이 없지 않다. 하지만 나는 인정하지 않을 수 없다. 사랑스러운 비숑이 점차 늑대로 변해갔다면 그것은 아마도 상대방 때문이었을 것이다. 가끔 사나워지는 아내가 미우면서도 스스로 반성하는 부분이기도 하다.

나는 아내에게 분노하기도 하도 며칠씩 말도 안 하기도 하지만 전체적으로는 늘 고마워하는 편이다. 자식들을 이렇게 키워내고 어려웠던 시절에 가정을 그나마 유지시켜준 것은 전적으로 아내의 공이기 때문이다.

이제는 아내와의 대화에서 무엇인가 진행이 순조롭지 못하다고 생각되면 무조건 피하고 보려는 것이 나의 생각이다. 하지만 늘 그렇게 생각대로 안 되는 것이 문제이긴 하다. 어느 순간 나 자신도 모르게 고함을 지르고 있기 때문이다. 순간적으로 폭발하는 이놈의 성질이 죽기 전에 고쳐질 수가 있을지나 모르겠다.

| 당부 |

나는 평소 죽음에 대해 나름대로 관심이 많다. 오래 살고 싶은 생각은 전혀 없다. 그리고 내 삶이나 연명으로 인해 가족을 포함한 다른 사람에게 폐를 끼치는 것도 싫다. 은퇴한 직후인 2018년 9월에는 국민건강보험 성남지사에 들러 '사전연명의료의향서'를 작성했다. 이것은 본인이 불의의 사고나 질환으로 의식을 잃어 더 이상 소생을 기대하기 어려울 경우 오로지 생물학적인 생명 유지를 위해 의료행위를 계속하지는 말라는 뜻을 미리 작성해두는 법적 절차이다. 이 의향서를 작성해서 국가 전산망에 등록해두면 본인의 뜻에 대한 법적 효력을 가지게 되어 있다.

그런데 내가 보기에 이 제도는 여전히 미흡하다. 의식은 없지만 신체기능은 제대로 유지되고 있는 경우(자가 호흡)에는 그런 상태가 몇 년 동안 지속되더라도 '일정한 시한이 지나면 그만 의료행위를 중단해달라'는 의사표시를 할 제도적인 방법이 없기 때문이다.

더구나 의식은 있지만 더 이상 자력으로 일상적인 삶을 이어가기 어렵고 죽을 때까지 병상에 누어 죽는 날만 기다려야 하는 사람들에 대한 배려

역시 없기 때문이다. 이런 분들에게도 하나의 인격체로서의 자기 존엄이 무너지기 전에 자신의 삶을 제 의지로 마감할 기회가 주어져야 한다는 게 나의 생각이다.

예를 들면 중증 치매 환자의 경우가 그렇다. 굳이 치매에 걸리지는 않았다 하더라도 평생 병상에서 생명유지 장치를 주렁주렁 달고 죽는 날만을 기다려야 한다면, 나는 그렇게 살고 싶은 생각이 추호도 없다.

그래서 차제에 자식들에게 내 생각을 미리 말해두자면…….

1.

신체적 기능은 제대로 유지되고 있지만 석 달 지나도록 의식불명이거나, 완전한 의식불명은 아니나 유사한 상태가 유지된다면 의료행위를 중단해달라고 자식들에게 부탁한다.

의식이 있고, 내 삶의 생물학적 연장이 남에게 피해만 줄 경우, 아빠 본인이 알아서 결정하겠다. 분명히 말해두지만 내 의사에 반해서 나의 생명을 연장시키는 행위는 절대 하지말기 바란다.

이것은 엄마나 너희를 서운하게 만들기 위한 것이 아니라 아빠 스스로의 존엄을 지키기 위해 미리 당부하는 것이다.

사전에 이러한 의사표시를 해두지 않았다가 몇 년을 병상에서 지내다가는 사람들을 많이 보았기 때문에 하는 말이다.

떠나야 하는 사람을 억지로 붙잡고 있는 것은 효도가 아니라 효도를 앞

세운 이기심(자기 입장만 생각하기 때문에)일 가능성이 많다는 게 아빠의 생각이다. 아무튼 아빠는 아직 건강하므로 오래 살게 될지도 모른다. 그러니 미리 걱정할 필요는 없다.

이 당부는 만약의 경우를 대비한 것이니 미리 예민하게 받아들이지는 말기 바란다.

2.

언젠가 내가 죽거든 화장하고 산소를 만들지 말기 바란다. 화장한 분골은 서판교의 아빠가 평소 늘 다니던 산책길 인근의 공유림 숲속에 땅을 파고 상자에 담지 말고 그냥 흙 속에 뿌려주기 바란다(참고로 현재의 법률상으로 분골은 폐기물이나 쓰레기가 아니라 단지 재이기 때문에 개인 땅이나 상수원 보호구역 또는 공원 등 공공장소가 아닌 곳에 남에게 피해를 주지 않는 방법으로 묻는 것은 불법이 아니다). 아무런 흔적도 표지도 만들지 말아라. 기일에는 너희들이 어디에 있든, 서로 연락해서 혈육의 우애를 다지고 각자가 마음으로 추모해라.

참고로 엄마는 천주교 묘지에 관심이 있는 듯하다. 아무튼 엄마의 생각을 존중해서 모시도록 해라.

3.

아빠 이름으로 되어 있는 부동산과 동산은 얼마 되지 않지만, 전부를 일단 엄마에게 물려주고 싶다. 그리고 언젠가 엄마가 죽을 때는 엄마가 잘 판단해서 자식 세 명에게 공평하게 나누어 주든지 그 시점에 돈을 더 필요로 하는 자식이 있으면 그 자식에게 더 주든지 하는 식으로 분배하라고 권유하고 싶다.

2023년 9월

아빠가

일곱 번의 좌절

초판 1쇄 인쇄 2023년 10월 6일
초판 1쇄 발행 2023년 10월 16일
지은이 정동우

펴낸이 김양수
책임편집 이정은
편집디자인 안은숙
교정 김현비

펴낸곳 도서출판 맑은샘
출판등록 제2012-000035
주소 경기도 고양시 일산서구 중앙로 1456(주엽동) 서현프라자 604호
전화 031) 906-5006
팩스 031) 906-5079
홈페이지 www.booksam.kr
블로그 http://blog.naver.com/okbook1234
포스트 http://naver.me/GOjsbqes
이메일 okbook1234@naver.com

ISBN 979-11-5778-616-9 (03800)